# 魔法使いの約束

Izumi Tanizaki
谷崎泉

CHARADE BUNKO

Illustration

陸裕千景子

CONTENTS

十二月に入って最初の日曜日。模擬試験を受けるために出かけた瞳《ひとみ》は、その帰り道に街がクリスマス一色になっているのに気がついた。行きは朝早かったし、模試に気を取られていて街の様子が目に入っていなかった。駅前の広場にはクリスマスツリーが飾られ、店の装飾も赤や緑といった定番カラーで彩られたものになっている。

「そうか。もう十二月だもんな」

小さく呟《つぶや》いた後、しばし立ち止まってクリスマスツリーを見つめた。大学受験を決めた夏以降、必死で受験勉強に取り組んできたせいもあって、例年よりもずっと月日の進み具合が早く感じる。そろそろケーキの予約もしなくてはいけないのかと考えていると、寒風が吹きつけてきた。

「さむ…。マフラーもいるかな…」

まだ秋の名残《なごり》のような気分でいたから、フリースのジャケットだけで出かけてきたけれど、いつの間にか防寒具が必要な季節になっていた。弟たちの手袋やコートなども用意してやらないといけない。首を竦《すく》めてバス乗り場へ向かい、タイミングよくやってきたバスに乗り込んで後方の座席に座った。

街の景色が目に入ったり、季節を感じたりしたのは、模試を受けてみて手応《てごた》えを感じたせいもある。高校を卒業して六年も経《た》っている上に、予備校に通うこともなく、自力で勉強しているだけだから、学力が追いついているかどうか不安だった。試しに受けてみようと思い、申し込んだ大手予備校主催の模試で、おおよその問題は解けたし、結果にも自信が持てた。

自分の勉強の仕方は間違っていなかったと思え、強化しなくてはいけないところにも気がつけた。模試を受けるために払った金額は決して安くなかったものの、それだけの価値はあったと思える。

「なんでもお金が要《い》るからなあ…」

窓の外を眺めながら頬杖《ほおづえ》をついていた瞳は、つい独り言をこぼしてしまい、はっとして周囲を見回す。幸い、近くに乗客はおらず、ほっとして息を吐いた。仁《じん》に金銭面の協力を仰いで大学へ行くと決めたものの、ぎりぎりまでは自分で賄っていこうと決めている。そのためにも…瞳は大きな決断をしなくてはいけないのだけど、まだ決めきれないままでいた。

街を離れ、山間を通って海辺へ向かうバス路線を使う客は多くなく、瞳が利用するバス停に差しかかったところでは、乗客は一人となっていた。運転手に挨拶《あいさつ》してバスを降り、自転車置き場に停《と》めておいた自転車に乗って自宅を目指す。

今日は日曜で、末っ子の薫《かおる》が部活は午前中だけだからと、夕食の準備を買って出てくれていた。次男である渚《なぎさ》は当てにできない感じだが、薫は料理の腕は確かだ。だから、スーパーに寄る必要も、献立を考える必要もない。薫だけでなく、渚も、同居している仁も、受験生である自分を、ことあるごとに助けてくれようとするのはとてもありがたい。

ただ…薫は料理上手でも、揚げ物大好きであることから、メニューが偏りがちになる。今日も揚げ物である可能性が高く、天ぷらかフライか、唐揚げかと、予想を立てながら自転車を漕いだ。山道を上がり、小さな集落を過ぎてしばらくのところに瞳が弟二人と、仁と共に暮らす穂波《ほなみ》家はある。その奥には仁がかつて住んでいた家があり、今は別の人間が暮らしている。

穂波家まで辿《たど》り着き、門の前で自転車を降りた瞳は、何気なく奥の家の方へ目を向けた。

「…そういや…ポールさんたち、帰ってこないな…」

隣で暮らすポールから、しばらく留守にするという挨拶を受けたのは、十一月に入ったばかりの頃だった。仁をアメリカへ連れ戻す目的が果たせないでいるせいで、日本に足止めされているポールが所用で帰国することはそれまでにも何度かあったものの、一月《ひとつき》近く留守にするのは初めてだ。

瞳自身、受験で忙しい日々を送っているから、そっちに気を取られていたけれど、模試が終わってみると気になってきた。ポールが具体的にどういう仕事をしているのか知らないが、やはり、半年以上もこんなところにいるというのは無理があるのだろうなと思いつつ、自転車をガレージに入れる。

仁が自らの意志でアメリカへ行くというのはありえないから、諦《あきら》めて戻った方がいい…という意見は、折を見て繰り返してきた。ポールもそろそろ身の振り方を考え始めたのかもしれない。荷物を手に玄関へ向かいかけた瞳は、畑の方で物音がするのに気づき、デイパックをドア前に置いた。

建物を回って畑の方へ出ると、仁が大根を抜いていた。

「ただいま」

「あ、瞳。お帰りなさい。どうでしたか？　模試は」

「ぼちぼち。大根？」

「はい。サラダにでもしようかと。ほら、瞳がこの前作ってくれた、大根を千切りにしたサラダ。とても美味《おい》しかったでしょう」

にっこり笑って、仁は大根についている土を落とす。夏から秋を経て冬となり、仁が丹精こめて世話している畑も、季節に合わせて表情を変えている。大根にかぶ、ほうれん草や小松菜、ねぎに白菜と、冬を迎えても大活躍だ。

「寒くなっても畑って野菜が獲《と》れるんだな」

「冬には冬の野菜がありますから。それにこのあたりは冬でも日中は温暖なので、よく育つそうです」

畑を始めて以来、野菜を作っているご近所さんのところに顔を出しては教えを請うている仁が言うのを、瞳は笑って聞いた。ハーフで無駄に容貌《ようぼう》のいい仁は、近辺でも人気者になっ

ていると、地元中学に通う薫からも聞いている。大根のついでにほうれん草も取ってくれと伝え、適当な大きさに育っているのを抜いてもらった。

「どうせ、薫は揚げ物しか作らないだろうから、野菜を補わないとな」

「そうなんです。わかりましたか?」

仁が畑へ大根を取りに来たのも、それが理由だという。揚げ物、肉好きの薫が決めた夕飯の献立は、鶏天《とりてん》で、今台所で大量の鶏肉を揚げる準備をしていると聞き、瞳は小さく息を吐いた。

「薫に聞いたら、他にはご飯と味噌汁《みそしる》しか考えてないというので」

「お前も献立ってもんがわかるようになってきたな」

「日々、瞳に学ばせてもらってますから」

ほうれん草と大根を両手に持ち、畑から出てきた仁が庭に設《しつら》えたシンクで土を洗い流すのを待つ。冬至前ということもあり、とても日が短い。まだ四時だというのに、日暮れが迫り、薄暗くなってきていた。

「今年は冬至、いつだっけ?」

「わかりません。調べておきますね。冬至といえば、柚子《ゆず》とかぼちゃですよね」

「よく知ってるな」

仁が日本で暮らした年月は短い。驚いて感心する瞳に、仁は自慢げな顔で情報源を明かした。

「瞳のママから聞いたんですよ」

「本当に仲良かったんだな…」

亡くなった母親と仁が過ごした月日は短いが、いろんなことを教わっていたようで、今もぽろぽろ小さな情報が伝わってくる。覚えている仁もすごいと思い呟く瞳に、仁は真面目《まじめ》な顔になって否定した。

「誤解しないでくださいね。あくまでもママはママですから。瞳が妬《や》く対象ではありません」

「妬いてないから」

「そうですか…」

何言ってんだと呆《あき》れ顔で否定すると、仁は少し残念そうに肩を落とした。子供みたいな反応を笑い、寒いから早く家に入ろうと促す。濡《ぬ》れた大根とほうれん草を用意してあった新聞紙で包み、仁と共に台所へ運んだ。

キッチンのある二階へ上がり、「ただいま」と言ってから、瞳は怪訝《けげん》そうに眉《まゆ》をひそめて、ご機嫌で鶏肉を切っている薫を見た。

「薫…」

「あ、兄ちゃん。お帰り」

「お前…どんだけ揚げるつもりだ？」

薫の横には一番大きなボウルが置かれており、そこにそぎ切りにした鶏胸肉が山盛りとなっていた。渋い表情の兄に、薫は慌てて言い訳する。

「兄ちゃん、安心して。これ、全部胸肉だし。しかも、スーパーひよどりの特売で本当に安かったから！」

「いや、値段のことじゃなくて…」

「胸肉でもさ、柔らかく揚げられる方法を家庭科の先生に教わってきたんだよ。ちょっと食べてみてよ」

「……」

自分が言いたいのは値段でも、硬さでもなく、量の問題だと続けようとしたのだが、一生懸命取り組んでいる薫に文句を続けるのも悪い気がしてきて、瞳は肉については口を噤《つぐ》んだ。

代わりに、メインである鶏天しか用意はないんだよな？　と確認する。

「あとは味噌汁とご飯。ご飯はセットしてあるよ」

「じゃ、大根サラダとほうれん草のおひたしを俺が作るから…」

「いえ、俺が！」

自分が副菜の準備をすると言いかけた瞳の後ろから、仁はやる気満々な感じで手を挙げた。

両手で抱いてきた新聞紙に包んだ野菜をカウンターの上に置き、瞳は何もしなくてもいいと告げる。

「瞳は模試を受けてきて疲れてるんですから、どうぞゆっくりしてください」

「でも……」

「そうだよ、兄ちゃん。あ、なんなら先に風呂、入っても」

「まだ四時だぞ」

家の中は外よりもさらに薄暗く感じられて、すっかり夜の気分だけど、実際の時刻は遅くない。二人して気遣ってくれるのはありがたいが、邪魔にされているような気もして、複雑になる。取《と》り敢《あ》えず、荷物を置いてくると言って台所を離れた。

瞳が使っている寝室は二階にあり、その奥のクロゼットにデイパックを置いた。両親が亡くなる前……高校の頃は一階の部屋を自室として使っていたが、二階には二部屋しかなかったこともあり、そちらを弟たちに明け渡し、瞳は両親の部屋だった二階へ上がった。その際、勉強机などはもう要らないと思い、処分してしまったので、今は主にダイニングテーブルで勉強し、本などはクロセットに置いている。

カラーボックスを利用した本棚は参考書や問題集でいっぱいだ。その上にデイパックを置き、フリースの上着を脱いだ。それからついでにコートやマフラーなどの防寒具を出しておこうと思い立ち、冬服が入れてある衣装ケースを引っ張り出した。

自分の用意を済ませた後、弟たちのも済ませておこうと思い、瞳は部屋を出て一階へ向かいかけたのだが、その際に通りかかったキッチンの横で立ち止まった。キッチンで案の定と思わせる様子が見られたせいである。

「仁くん。ちょっと…それは…皮が厚すぎだと思うよ」

「そうですよね…。わかってるんですが…薫みたいにうまく剝《む》けません…」

「じゃ、皮は俺が剝くから、それを千切りにして」

どうも大根サラダを作るために千切りにしようとしているようだが、皮を剝く時点で仁は躓《つまず》いているようだ。それでも薫が一緒だからなんとかするだろうと思い、瞳はそのまま一階へ向かう。渚と薫の部屋にはそれぞれクロゼットがついており、冬物がしまってある衣装ケースもその中に置いてある。まず、渚の部屋でクロゼットを開けると、玄関の方から「ただいま」と言う声が聞こえた。

「あれ。兄ちゃん、何してんの？」

「冬のコートとか、出しておこうと思って」

「まだいいんじゃない？　一月になってからで」

「そう言うけど、お前ら、ある日突然、寒いって言い出すじゃないか。それに…Tシャツとかハーフパンツとか、もういい加減しまってもいいだろう」

できれば、弟たちには…せめて上の渚には…衣替えくらい自分でやらせたいのだが、任せたが最後、クロゼットにオールシーズンの衣類をかけるだろう。実際、渚はどうせまた暑くなるのだから、そのままでいいよなんて言う。

「暑くなるって、お前、今から寒くなるんだぞ。まったく……」

「それより、兄ちゃん。今日、模試だったんだろ？　どうだった？」

「うん、まあ…。手応えは摑《つか》めた」

慎重な兄が言うのを聞き、渚はほっとした様子で「よかった」と喜ぶ。学校に行っていた渚は制服の上着を脱ぎながら、瞳にとっては耳の痛い話を始めた。

「うちの三年も今日は一日補習だって言ってた。センターまであと一月近くだもんね」

「…それを考えると…胃が痛いが…」

「何言ってんの、兄ちゃんなら大丈夫だって」

「まあ…今回は運試しだと思ってる。あと一年やれば」

「俺とダブル受験？　いや、薫も高校受験だから、トリプル受験か」

「……」

それもいいな…とお気楽に渚が言うのを聞いて、瞳は顔色を青くした。受験を決意したのが夏で、それから準備を始めたものの、十分な勉強ができているとは言い難い。だから、心の底で今回は無理でも仕方ない…という気持ちを抱いていたが、次の年となると渚の言う通り、三人揃《そろ》って受験生になる。

それはダメだ…。自分は弟たちのバックアップをしなくてはいけないし、重なれば金銭事情も厳しくなる。やはり、なんとしても今回受かるしかないと、瞳は自分自身に活を入れつつ、渚のクロゼットを片づけ、薫の部屋へ向かった。

渚の部屋はいつも片づけられているけれど、薫の部屋は対照的にいつも激しく散らかっている。二階にいる薫を呼びつけようと思ったが、揚げ物をしているのを考慮し、食事の後に説教をしながら片づけさせると決め、瞳は一階を後にした。

「おい、薫。お前の部屋、とんでもないことになってるな？」

「え、そうだっけ？」

「そうだよ。飯の後、一緒に…」

片づけるぞ…と言いかけた瞳は、薫の横で真剣な表情で包丁を握っている仁を見て、思わず言うのをやめた。大根サラダを作るために千切りをしている仁が、慎重に包丁を使っているのに目を留めたわけではない。問題はまな板の上にあった。

「……仁。それは…」

「だよね？　兄ちゃん。これって千切りじゃないよね？」

瞳が言いかけたことを薫も思っていたらしく、途中で台詞《せりふ》を奪って同意を求める。集中していた仁は瞳が上がってきたのに気づいていなかったようで、はっとした顔で手を止めて瞳を見た。

「…なんですか？　瞳」

「いや…だから、それは…」

「仁くん、やっぱそれじゃ千切りじゃないよ。拍子切りだよ、それじゃ」

真剣な顔つきの仁に本当のことが言い出しにくくて、戸惑った瞳に代わって、薫が厳しい現実を告げる。薫に皮を剝いてもらった大根を、繊維にそって薄切りにし、揃えて千切りにするというやり方は間違っていないのだが、いかんせん、薄切りではないし、千切りでもない。

薫の言う「拍子切り」というのも優しいくらいだ。瞳の目には野菜スティックにでもするのだろうか…それにしては短いが…という太さに見え、つい眉をひそめてしまう。仁はそんな瞳の表情を見て狼狽《うろた》える。

「で、でも…こういうふうに切るって…以前、瞳が教えてくれたんですよ」

「切り方そのものは間違ってないが、太さが問題だ」

渋い顔で言い、瞳はさっと手を洗って仁から包丁を受け取った。仁が作成していた野菜スティック状の大根をよけ、残っているものを千切りにする。さくさくと薄切りにしたものを重ね、リズミカルに包丁を動かすだけで、大根が爪楊枝くらいの太さになる。

「ほら、仁くん。千切りってこれくらいの細さを言うんだよ」

「仁。ボウルに水張って」

「はい」

尊敬の目で瞳を見て、仁は言われた通りに取り出したボウルに水を汲《く》む。瞳はそれに大根をさっと放し、すぐにざるで水を切った。あっという間にできた大根の千切りを一本摘《つ》まんで見つめる仁の顔は苦渋に満ちている。

「どうしてこんなに細く…。瞳の手は機械でできているのでは…」

「何言ってんだよ。お前の切ったこれは…仕方ないから味噌汁にでも入れよう」

「仕方ないから…」

瞳の何気ない発言に傷つく仁を慰める者はキッチンにはいない。もういいから出ていってくれ…という雰囲気を感じ取り、すごすご退散しようとした仁を、瞳は「おい」と呼び止める。

「これ、おろしてくれ。ポン酢と一緒に鶏天にかけよう」

「えっ、兄ちゃん。タルタルソースと、みたらしソースにしようと思ったんだけど？」

「さっぱりおろしも欲しいんだ、俺が。…ほら。皮剝いてやったから」

皮を剝いた大根とおろし器を渡され、仁は満足げな顔でカウンターの端っこで大根をおろし始める。これなら失敗せずにできると、嬉《うれ》しそうに手を動かす仁に、薫は菜箸《さいばし》で天ぷら鍋《なべ》に浮かぶ鶏天をひっくり返しながら、無理をして手伝うことはないと告げた。

「向き不向きってあるじゃん。仁くんはどんなに努力しても兄ちゃんレベルにはなれないよ」

「いえ。それでも努力を続けなくては前進は望めません」

「お前はいちいち言うことが大袈裟《おおげさ》だな」

真面目に首を振る仁を呆れつつ、瞳は手際よく味噌汁を作り、ほうれん草を湯がく。たっぷりのお湯にさっとつけてから冷水に晒《さら》し、よく水気を切った後に醤油《しょうゆ》を垂らして、もう一度絞る。えぐみが出ないように両手で押すようにして絞ってから、中鉢に盛りつけたそれに鰹節《かつおぶし》をのせた。

「あー腹減った。風呂のスウィッチ押しといたよ。…なに、仁くん、大根おろし係？」

「お帰りなさい、渚。美味しい大根おろしにしますから」

「美味しいとかあるの？」

一階から上がってきた渚は不思議そうに首を傾《かし》げ、食卓の準備をした方がいいかと瞳に聞く。時刻が五時だが、外はすっかり暗く、夜のようだ。冬は食べるのも寝るのもつい早くなる。まだ早いと言う人間はおらず、瞳は箸や皿を準備するように言った。

大皿に盛られた鶏天に、ほうれん草のおひたしをテーブルの中央へ並べ、大根サラダには缶詰のツナと海苔《のり》を散らす。鶏天につけるソースも用意して、味噌汁やご飯も整ったのに、仁はまだ大根をおろし終わってなかった。

「貸せ。俺がやる」

「でも…」

「お前はポン酢を出せ」

瞳は厳しい表情で冷蔵庫を指さし、仁に代わって残りの大根をおろした。仁にやらせておいたらあと十分はかかりそうだったが、瞳にかかれば仁が冷蔵庫に行って戻ってくるまでの間に終わってしまう。

「すごい…。やっぱり瞳は…」

機械なんじゃ…とまたありえない疑惑を向ける仁を呆れた目で見て、テーブルにつくように言う。皆それぞれの席に座り、「いただきます」と挨拶してから箸を取った。

「仁くんの大根、味噌汁でも存在感あるね。煮えてる？」

「生でも食べられる、獲りたてのものだ。問題ない」

「歯応えあるね」

「……美味しければいいんです…」

悔し紛れに俯《うつむ》いて呟く仁を、瞳たちは全員でおかしそうに笑う。四人揃っての食事はいつだって賑《にぎ》やかで笑い声が絶えない。模試が終わってほっとしていたのもあって、瞳も普段以上に楽しく食べていた。

薫の揚げた鶏天は大皿に山のように盛られていたが、育ち盛りの弟二人にかかれば、あっという間に半分以上がなくなってしまう。最初は余るくらいだろうと考えていたものの、途中で危機感を覚え、瞳は自分と仁の分を別の皿に取り分けた。

「お前ら、競って食うなよ。いくらあっても足りないじゃないか」

「平気だって、兄ちゃん。胸肉だから」

「そういう問題じゃない」

おかしな言い訳をする薫に瞳が渋い表情を向けた時だ。居間の隅に置かれている電話が鳴り始める。日曜日の夜…と言ってもまだ宵の口だが…に電話が鳴るのは珍しく、瞳は不思議に思いながら立ち上がりかけたのだけど、ちょうどご飯のお代わりを取りに行こうとしていた渚が代わって電話へ向かった。

「…はい、穂波です。……はい、います。今、代わりますのでお待ちください」

穂波家は全員携帯を持っておらず、個々への連絡は家の電話に入る。学生である弟たちへの電話が一番多いので、それも渚か薫宛《あて》だろうと思っていた。渚が電話を代わると言うのが聞こえ、薫かなと思っていた瞳は「兄ちゃん」と呼ばれてどさりとする。

「電話」

「俺？　誰？」

「花村《はなむら》さんって人」

渚が口にした名前の持ち主はすぐに頭に浮かばなかったけれど、少し考えれば思い出せた。瞳は箸を置いて立ち、電話の前にいる渚のもとへ歩み寄る。

「お前が世話になった『先生』じゃないのか」

「先生？　……って、ああ、あの！」

　怪訝そうな表情だった渚は心当たりが浮かんだようで、大きな声をあげる。それに静かにするように合図して、瞳は保留になっていた受話器を持ち上げた。「花村」という名字の知り合いは一人しかいないが、違う相手であるかもしれない。

「…お待たせしました」

『穂波？　悪い、突然』

「やっぱりお前か」

　声や口調を聞いて、やはり想像していた相手だったとわかり、瞳は花村の顔を改めて思い浮かべた。夏にひょんなことから再会した花村は、高校の同窓生だ。同じクラスにはならなかったものの、進路が一緒だったことから親しくしていた。

　花村も医師志望で、医学部を目指していた。瞳は受験直前に両親を交通事故で亡くして、進学を諦めたが、花村は医学部に合格し、春から医師として働き始めていた。夏に脱水症状で倒れた渚が運び込まれた病院で花村に再会した時はとても驚いた。

「夏の時はありがとうな。ちゃんとお礼も言わずに…すまなかった」

『とんでもない。弟はあの後、元気になったか？』

「家に帰ってすぐにどんぶり飯食べてたよ。さっき出たのがそうなんだけど…気づかなかったみたいで、ごめん」

渚は側にいたので電話を代わって礼を言わせようかと思ったのだが、花村からかかってきた電話で、彼の用件も気にかかる。「どうした?」と聞く声はつい低くなってしまい、花村にも伝わっていた。

『いや、大したことじゃないんだけど…昨日、うちのクラスの同窓会があって、担任に会ったらさ。お前が受験するって聞いて』

「ああ…そのことか」

普段、音信のない相手からの連絡というのは、つい、よくないことを思い浮かべがちだ。花村の話から想像したような用件でないのがわかって、瞳ははっとした気分で相槌《あいづち》を打つ。

受験に必要な書類を母校に取りに行った際、職員室にも顔を出した。三年生の時に担任だった教師がまだ在校していたので、相談もしたかった。瞳に最後まで進学を勧めていた担任は、六年遅れの受験を心から喜び、親身になって相談に乗ってくれた。

花村とは同じクラスではなかったけれど、教師から教師へと情報が伝わったのだろう。

「そうなんだ」と答え、経緯を話す。

「夏に勤めてた工場が廃業したのもあって…いろいろ考えてさ。今更なんだけど、受験してみようって。もう二十四だし、大学に受かるかどうかも怪しいところなんだが」

『何言ってんだよ。穂波なら大丈夫だって。それに医学部って結構年齢いってる奴も多いから、全然気にすることないさ』

「そうなのか？」

『四十過ぎてる人だっているよ。俺、穂波が医者目指すって聞いて、本当に嬉しくてさ。突然、電話してごめんな。それで、どこ受けるか決めたのか？』

受験校は目下、瞳の最大の悩みであり、すぐに答えが返せなかった。期日が迫ってきているのだが、決めきれていない。言葉に詰まる瞳に、花村は「迷ってるのか？」と聞く。

「…そうなんだ。一応、どこでも受けられるような感じでセンターは申し込んであるんだけど…」

『俺でよかったら相談に乗ろうか？』

「いいのか？」

経験者の話が聞ける機会は瞳にはなく、ありがたい申し出だった。花村は快く請け負い、今から夜勤なので、明日でもいいかと聞く。

「俺はいつでもいいよ」

『じゃ…明日の昼頃には自由になれるはずだから、もう一度電話する』

「急いでないし、お前は忙しいんだから、そっちの都合に合わせる。無理はしないでくれ」

遠慮がちに言う瞳に、花村は翌日にもう一度電話すると言い、通話を切った。思いがけない電話だったが、とても嬉しくて、食卓へ戻る顔も緩んでいた。

「兄ちゃん、やっぱり先生だった？」

お代わりをついで席に戻っていた渚に聞かれ、瞳は「ああ」と頷く。向かい側から不思議そうに見ている仁と薫に、電話の相手が誰だったのか説明した。

「夏に渚が倒れて運び込まれた病院で…会った医者、覚えてないか？　俺の高校の同級生で」

「ああ、先生ってお医者さんのこと？」

「なんの用だったんですか？」

「同窓会で担任から俺が大学を受験するって聞いたんだって。それで喜んで電話くれたんだ」

「どうして喜ぶんですか？」

「え？　そりゃ…、花村とは医学部の受験仲間みたいな感じで…俺が進学を諦めた時に残念がってくれてたからさ」

重ねて聞いてくる仁の表情がやけに真面目な感じに見えて、瞳は戸惑いを覚えながら答えた。なんでそんなことを聞くんだろう…と思いながら、相談に乗ってくれるらしいとつけ加える。すると、仁はまた問いを向けてきた。

「相談って？」

「どこを受験するか。花村は医学部に通ってたんだから、いろいろ詳しいだろうし、意見を聞いてみたいんだ」

「意見なんて」

瞳の答えを聞いた仁は不満そうに唇を尖《とが》らせる。仁がそんな顔をする理由はわかっていて、その場で議論するつもりもなかったので、瞳は無視して箸を手にした。渚と薫も、兄と仁の間で受験先に関する小さな論争が起きているのは知っていたので、ごまかすみたいに話題を変える。

「このみたらしソースってうまいよな。ほんと、みたらしの味がする」

「醤油と砂糖を混ぜてチンするだけなんだよ」

「でも、やっぱ王者はタルタルかな〜」

「ゆで卵ってどうやっても美味しいよね〜」

弟二人が白々しい会話を続ける横で、瞳は仁と目を合わせないようにして、黙々とご飯を食べた。仁の言いたいことは十分すぎるほどわかっている。ただ、自分で納得できないのに、促されるまま進むわけにはいかない。花村が電話をくれたのはいい機会で、彼の話を聞いた後に改めて答えを出そうと決めた。


夕食を終え、片づけを買って出た渚と仁に後を任せ、瞳と薫はテレビを見ていた。そんな時、何気なく流れたＣＭを見て、薫が「あっ」と声をあげる。

「兄ちゃん、ツリー出さなきゃ。もう十二月じゃん」

「ああ…そうだな」

気の早い世間では十一月からクリスマスと騒ぎ始めるが、それに感化された薫がツリーを出そうと言うのに、十二月になってからでいいと窘《たしな》めた。月初めの日曜に模試を控えて、ぴりぴりしていたせいもある。思い立った途端、一階の納戸へ向かう薫を追いかけ、瞳も階段を下りた。

「ツリーの箱ってどれだっけ？」

「その…右上のだ。飾りは…隣の箱だろう。二階へ運んでくれ」

「了解。…あ、これはリースだよ」

玄関のドアに飾るリースも出てきたので、ついでに外へ出て飾りつけた。クリスマスに関する飾りはすべて、母親が生前用意していたものをそのまま使っている。手製のリースは今も健在で、それをドアにかけるだけでクリスマスムードが盛り上がる。

「…このあたりでいい？」

「いいんじゃないか」

「いいねえ。クリスマスって感じ。あとはツリーだ」

クリスマスツリーは二階の居間に飾ると決まっている。中へ入り、ジングルベルを口ずさみながらツリーの箱を抱える薫に、瞳はクリスマスプレゼントは考えたのかと聞いた。末っ子である薫も中二となり、さすがにサンタを信じる年齢ではないが、毎年クリスマスプレゼントは用意している。

瞳に聞かれた薫は、少し困ったような顔になって、首を横に振った。

「…今年はいい」

「なんで?」

「兄ちゃんサンタ、無理しなくていいから」

無職となり、受験生となった長兄が、日々節約に努めているのは薫もよく知っている。自分が欲しい物を言えば、兄が無理をしてでも用意するのもわかっていて、とても口にできなかった。

そんな弟の気持ちはすぐにわかって、申し訳ない気持ちを抱く瞳に、薫は慌てたようにフォローをつけ加えた。

「いや、だから今年はいいってだけで、兄ちゃんが医者になったら遠慮なく言うからさ」

「…俺が医者になる頃にはお前も成人してるだろ」

「いやいや。いくつになってもクリスマスプレゼントは有効だよ」

それまでに欲しい物をいっぱい考えておくと明るく言い、薫はツリーの箱を抱えて階段を駆け上がっていった。瞳もその後に続き、自分の情けなさと弟の思いやりについて考えた。悪い方に考えればきりがない。自分と薫が逆の立場でも同じことを言っただろう。そんなふうに思いながらも、ひっかかりは抜けなくて、つい表情が曇っていた。

「瞳？」

「え？」

キッチンの横を通りかかった時、仁に呼ばれて足を止めた。仁の顔を見て、自分の状態を知り、意識して頬を緩める。何かあったのかと心配し始めそうな仁に、薫を手伝ってやってくれと頼んだ。

「俺、お茶入れるからさ。…渚。ついでに明日の朝のご飯、といでおいてくれ」

仁に代わってキッチンへ入り、薬缶《やかん》を火にかける。湯飲みや急須《きゅうす》を用意してから、居間の隅でツリーの入った箱を開けている薫と仁を見た。二人してツリーを組み立てている様子を眺めながら、隣で米をといでいる渚に、小さな声で薫に聞いたのと同じ問いを向ける。

「…なあ。クリスマスプレゼント、何がいいか、考えたか？」

「……。あー…兄ちゃん。俺さ…」

一瞬、沈黙した後、言いにくそうに話しだそうとする渚に、瞳は溜《た》め息《いき》をついて「わかった」と言った。

「兄ちゃん…？」

「薫と同じなんだな。…ていうか、話し合ったのか？」

「…ちょっとね」

談合していたのかと聞く瞳に、渚は肩を竦めて頷いた。ますます情けないなと思ったけれど、弟たちの気遣いが身に染みた。思い出せば、両親が亡くなって初めて迎えた誕生日やクリスマスもそうだった。瞳としてはそういう時くらいしか、何か買ってやれることはないからと、遠慮して欲しくなかったのだが、二人ともなかなか欲しいものを口にしなかった。

まだ小学生だった二人に、自分は働いているのだから大丈夫だと言い聞かせ、少しずつ望みを聞き出した。だから、去年までは自分たちから何が欲しいと言ってきていたのに、また逆戻りとなってしまったわけだ。

薬缶の蓋《ふた》がかたかた揺れ始めたのを見て火を止める。茶葉を入れた急須に湯を注ぎ、テーブルへ運んだ。薫と仁が飾りつけるツリーは毎年見ているものなのに、やっぱり綺麗《きれい》で、一年の最後を締めくくるイベントにふさわしく思えた。

プレゼントを遠慮されてしまうのなら、せめてケーキとごちそうを用意しよう。風呂の中でそう思い立ち、瞳は二階へ上がると早速献立を考えるためにインターネットで検索を始めた。

「瞳。何を見てるんですか？」

後ろから風呂に入っていた仁の声が聞こえ、瞳は画面を見ていた顔を上げる。ノートパソコンは仁のものだから、「借りてるぞ」と断った上で、献立を考えているのだと告げた。

「クリスマスに何作ろうかなって」

「パーティってもするんですか？」

「パーティっていうほどじゃないけど…。ちょっとしたごちそうとか」

穂波家ではクリスマスイブにはケーキと鶏のもも肉を食べるという習慣があるのだけど、今年はそれにプラスした何かを作りたい。その理由を仁に話すと、瞳の横に座って小さな笑みを浮かべた。

「渚と薫らしいですね」

「なんか…兄としては情けないんだけどさ」

「情けない？　どうしてですか？」

「あいつらには気を遣わせてばっかりだから」

申し訳ない気持ちがあると言う瞳に、仁はいつもの台詞を繰り返す。瞳だって、渚と薫を思っているのだから同じだという仁に、助けられる気分で頷いた。

「…そうだな。ありがと」

「けど、瞳。…こんな感じの料理は…正直に言って、渚と薫は喜ばないような気がしますが…」

瞳が開いていたページを指し、仁は真面目な顔で首を傾げる。クリスマスのディナーと打ち込んで出てきたレシピはどれもお洒落《しやれ》な感じのものだった。その時見ていたのも、サーモンやクリームチーズを使ったカナッペで、オードブルとして…と書かれているけれど、渚と薫にはとても物足りない量だろう。

「あ…ああ、わかってる…」

「おそらく…二人が喜ぶごちそうは鶏のもも肉の唐揚げです」

「またかよ～」

神妙な感じで仁が断言するのを聞き、瞳は頭を抱えた。瞳自身、検索しながら思っていたことだ。カナッペだの、スープだの、ローストビーフだの…これは量にもよるかもしれないが…といったパーティ料理的なものは弟たちのお腹《なか》を満足させはしないだろう。もっとがっんとしたものはないのか…と思ったが、それじゃクリスマスにふさわしくない。

「もう揚げ物はいいよ。他にないかな」

「他にごちそうというと……なんでしょう?」

一緒に考えようとした仁だったが、基本、料理音痴の上、本来は食に興味のない人間なので思いつかない。代わりに出てきたのは…。

「お寿司に…すき焼きに…天ぷらに…」

「お前、それじゃ、外国人の思いつく和食だよ」

ハーフで、外国育ちの仁に冷めた目を向け、瞳は溜め息と共にパソコンを閉じる。けれど、仁が口にしたのは確かにごちそうだ。寿司と天ぷらはもどきではあるけれど、食卓に並ぶこともあるから除外するとしても、すき焼きは……。

「すき焼きか…。クリスマスらしくはないけど、ずいぶん食べてないからいいかもな」

「なら、すき焼きにしましょう!」

「…うーん……でも、どうせすき焼きと銘打つなら、牛肉にした方がいいだろうしなあ…」

スーパーで買える三種の肉…牛に豚に鶏だ…の中でも、値の張る牛肉が穂波家の食卓へ並ぶことはあまりない。並んだとしても安売りの牛こま肉程度だ。鶏でも豚でもすき焼きは作れるが、それじゃごちそうと呼べない。それなりの牛肉を用意するとなれば、弟たちの食べる量からいって、相当な金額になる。

瞳が頭を悩ませているのは金銭問題だというのは仁にはすぐにわかり、「俺が…」と言いかけたものの、すぐに制される。

「お前は何もしなくていいからな?」

「でも…」

「こんなことまでお前に頼っちゃ、意味ないんだし」

自分で何とかすると言い切り、瞳はパソコンを仁に返して、問題集を広げた。受験生となった瞳は毎日、十二時までは勉強している。仁もそれにつき合い、側で起きているのが常だった。

かりかりとシャープペンシルで文字を書く音が響く横で、仁はパソコンを開いた。カチャカチャとキーボードを叩《たた》く音が聞こえ始めると、瞳はふと思い出して「そうだ」と声をあげる。

「そういえば、ポールさんってまだ帰ってきてないのか？」

「知りません」

「お前、冷たすぎ。心配じゃないのかよ」

「どうして俺がポールの心配なんてしなきゃいけないんですか？」

恨みがましいような目をして膨れっ面になる仁に呆れた目を向け、瞳は頬杖をついて窓の向こうを見る。庭を隔てた隣にある家に明かりが点《とも》っているかどうかは、家の中からはわからない。けれど、帰ってきたならポールはちゃんと挨拶に来るだろうから、いないのは確かだ。

「何回か帰ってるけど、今回は長いじゃないか。一月近く、戻ってきてないよな。何かあったのかな」

「……いろいろ大変なんじゃないんですか」

「……。何か知ってるのか？」

思わせぶりな台詞を吐く仁は、視線をパソコンに向けたままだ。瞳の問いにも答えず、キーボードを打ち続けている。何をしているのか気になって覗《のぞ》いてみたが、意味不明のアルフアベットが並ぶ画面の意味は、瞳にはまったくわからない。

「…何してんの？」

「ちょっと」

「ポールさんに頼まれた仕事？」

「違います」

仁に答える気配はなく、答えを聞いたところで自分にはさっぱりわからないだろうからと諦め、瞳は自分の勉強に戻った。おそらく、何かのプログラミングだ。仁が何をしていたのか…もしくは現在形で何をしているのか…はいまだに謎《なぞ》だけど、高度なシステムを操れる能力があるのは確からしいと仁の父親が現れた時にわかった。

夏に突如姿を見せた仁の父…エドワードの消息は不明だ。どこで何をしているのか、無事かどうかも併せて気になっているものの、仁はエドワードを嫌っているので、話題に出せないでいた。

それに、仁にはややこしいことに巻き込まれて欲しくないという願いがある。今みたいに穏やかな生活が続くように、心の中でいつも祈っている。

「…そういえば、お前はクリスマスプレゼント、何が欲しい？」

「え…っ」

瞳の問いかけを聞いた仁は即座に顔を上げた。最初はすごく嬉しそうな表情だったのが、すぐに緊張したものに変わり、ぶんぶんと派手に首を横に振る。

「い…いえ、何も要りません。瞳がいてくれたら、それだけで…」

「お前まで遠慮する？」

「違います。本音です。…本当に…瞳がいてくれるだけで十分です」

仁が真面目な顔で言うのは瞳自身の気持ちでもあって、「そっか」と頷いた。今年はプレゼントとか派手なことはなしで、皆で揃ってごちそうを食べよう。それが一番のしあわせなのかもしれないし。そんなことを思いつつも、一瞬だけ、嬉しそうだった仁の表情が甦《よみがえ》ってくる。

クリスマスの本場でもあるアメリカ育ちの仁だ。クリスマスプレゼントにも思い入れがあるのだろうと思い、聞いてみた。

「やっぱ、クリスマスってプレゼントを贈り合ったりするのか？」

「まあ…ギフトシーズンではありますね。俺は家族も親しい友人もいませんから、そういうことはしませんでしたが」

「でも、嬉しそうだったじゃん。さっき」

「あれは……瞳のパパとママにもらったプレゼントを思い出したからです」

少し声を潜めて仁が言うのを聞き、瞳は六年前の冬の記憶を引っ張り出した。年の離れた弟がいたせいもあり、すでに高三になっていた瞳にもサンタが来ていた。朝起きて、枕元《まくら》に置いてあったプレゼントは、事前にそれとなく親からリサーチされた品であったのだけど、仁には衝撃だったという。

「母が亡くなって以来、サンタからのプレゼントは来なくなりましたから。まさか、日本でサンタに巡り会えるとは思ってもいなかったんです」

「なんだったっけ。お前のプレゼント」

「手袋です。…残念ながら、失《な》くしてしまったんですけど」

悔しそうに言う仁に「そうか」と相槌を打ち、手を伸ばして柔らかな髪に触れる。物は失くなってしまっても、記憶に残っているのだから大丈夫。そんな気持ちをこめて頭を撫《な》でてやってから、息を吐く。休憩終わり、十二時まで頑張るぞ。そんな独り言を呟く瞳を、仁は嬉しそうな笑みを浮かべて見つめた。


日曜の夜、電話をかけてきた花村は昼頃には自由になれると言っていたけれど、二時を過ぎても連絡はなかった。医師の仕事が多忙で、予定通りにいかないことは父親を見ていた瞳はよく知っている。またいつか連絡をくれるだろうと思い、瞳は気にもしていなかった。

そんな花村から電話があったのは、日も沈み、夕飯の支度を始めかけた頃だった。

『悪い。こんなに遅くなって』

「いいよ。疲れただろ？　長時間、ご苦労様」

『今、病院を出たんだけど、帰りに寄ってもいいか？』

余裕のある時でいいから…と予定の変更を提案しかけた瞳に、花村は意外な台詞を向けた。寄るというのは…うちに？　そう聞き返す瞳に、花村は出かける予定があるのかと尋ねる。

「いや、いるけど…」

『じゃ、寄るよ。場所は覚えてるから大丈夫』

高校の頃、花村が他の友人たちと一緒に遊びに来た覚えは瞳にもあった。気軽な感じで立ち寄るという花村を断るわけにもいかず、瞳は戸惑いながらも返事をして受話器を置く。家まで来てくれるというのは…ありがたい話でもあるのだが…。

「誰ですか？」

畳んだ洗濯物を抱えた仁が聞いてくるのに、瞳は少し間を置いてから「花村」と答える。

「今から来るんだ」

「ここに？」

「ああ」

「どうして？」

仁が怪訝な表情を浮かべるのを見て、瞳は内心で溜め息をついた。昨夜《ゆうべ》も違和感を覚えたが、これはおそらく…と予想しつつ、説明した。

「昨日も言ったけど、花村は受験校の相談に乗ってくれるんだ。…おかしな考えは持つなよ」

「おかしなというのは？」

「……」

嫉妬《しっと》してるだろう…と面と向かって言うのも憚《はばか》られ、「いいから」と乱暴に切り捨てる。ついでに仁が気に入らなく思うであろうことも、先に断った。

「お前はうちにホームステイしてる知り合いってことにするからな。話を合わせろよ」

「……」

「わかったな？」

憮然《ぶぜん》とした顔になる仁に念を押し、瞳は夕飯の支度を終えてしまうためにキッチンへ戻った。薫と渚が帰ってくるまでにはまだあるが、花村とバッティングする可能性は高い。腹が減ったと騒がれるのは避けたく、すぐに食べられるようにしておこうと思い、急いで準備した。

そんな瞳を窺《うかが》うように、仁はキッチンの近くをうろうろする。

「…なんだよ？　言いたいことがあるなら、今のうちに言えよ」

「……相談なんかする必要ないです」

「……」

カウンターを挟んだ向こう側から、仁がぼそりと言うのを聞き、瞳はお玉を持ったまま鋭い視線を向ける。仁との間にはしばらく前から懸案となっている問題があり、昨夜も不満げな顔をしていたのを思い出す。

瞳はできるだけ学費を安く抑えるために国公立へ進学できたらと思っているが、そうなると一番近い大学でも通学に往復五時間近くかかる。対して、私大であれば学費は高いけれど、片道三十分ほどで通学できる。

自分が全面的に援助するのだから、学費など気にせずに私大に行って欲しいというのが仁の希望だった。しかし、瞳は素直に頷けなかった。仁に助けて欲しいと頼んだけれど、できる限り、自分の裁量で賄いたかった。

「瞳はお金のことなんか気にせず、通うのに負担が少ない学校に行けばいいんです」

「だから、いろいろ参考にするために花村に聞こうと思ってるんじゃないか」

「いろいろって何を聞くんですか？」

「いろいろだよ」

ふんと鼻息つきで乱暴に言い切り、仁から視線を外す。何か言いたげな雰囲気を漂わせ、仁はその場にしばらく立っていたが、結局何も言わずにソファの方へ行ってしまった。

喧嘩《けんか》するつもりなどないのに、売り言葉に買い言葉というやつで、つい言い方がきつくなってしまう。幼い自分を反省しつつ、花村が帰ったら謝ろうと決めて、瞳は飴色《あめいろ》に炊《た》けた大根の鍋に蓋をした。

夕飯の支度が整い、しばらくしてチャイムが鳴った。「はーい」と返事しながら階段を下り、一階の玄関へ向かう。ドアを開けると、ダウンジャケットにジーンズ姿の花村が立っていた。夏に再会した時は白衣姿だったからすぐにわからなかったけれど、こうして見ると高校時代とさほど変わってない。

「疲れてるだろうにごめんな。わざわざ来てもらって」

「帰り道からちょっと入っただけだから、気にするなよ。……久しぶりだな。穂波ん家に来たのって、高二の時とかじゃね？」

「だと思う。迷わず来られたか？」

「曲がるところさえ間違えなければ一本道じゃないか。それに道を覚えるのは得意でさ」

来客用のスリッパに履き替えた花村を二階へ案内する。弟たちは？　と聞かれ、まだ帰ってないと答えた。

「部活や補習でさ。いつも七時近いんだ」

「そっか。上の弟はうちの高校なんだよな？」

「そう」

頷きながら二階の居間へ出た瞳は、ソファの方にいる仁を横目に見て、花村にダイニングの椅子《いす》へ座るよう勧めた。瞳一人だと思っていた花村は、ソファの前に置かれたローテーブルに向かい、パソコンを弄《いじ》っている仁を見つけて驚く。

「あれ……先客がいたのか？」

「いや、客じゃなくて…知り合いがホームステイしてるんだよ」

拗《す》ねているのか、気に入らないから無視するつもりなのか、振り返りもしない仁の名を呼ぶ。仁はのっそりと顔だけこっちへ向け、ついでみたいに軽く頭を下げた。ハーフである仁の外見は日本人離れしたものでもあるから、「ホームステイ」という言葉を花村はすんなり飲み込み、触れないでおこうと決めたようだった。

「そっか。お前と弟二人だけだから、余裕あるよな」

「広さだけはな。お茶入れるよ」

花村のために用意していた湯飲みと急須をテーブルへ運び、夜勤は忙しかったのかと尋ねる。

「寒い時期だからか、熱出して来る子供が多くてさ。まだこのあたりはインフルエンザが流行してないからいいけど、シーズンになるともっとすごいって…先生に脅されたよ。研修医としては勉強のしがいがある」

「頑張れよ」

ふう…と肩で息をつく花村にお茶を勧め、瞳はその前に座る。夜勤は本来朝八時で交代なのだけど、なんのかんので長引くのが常だと花村は言い、改めて遅れたのを詫《わ》びた。

「いいって。うちの父親も約束とか時間とか、なかなか守れなかったからさ。慣れてるんだ」

「そうか。穂波も親父《おやじ》さんが医者だったもんな」

「花村のところは開業医なんだろ？　いずれは後を継ぐのか？」

地域でも有名な進学校である瞳の母校で医師を目指す生徒の中には、親族が医師だという人間が多かった。花村もその一人で、祖父の代から続く医院を継ぐのが自分の役目だと肩を竦める。

「まだおじいさんも現役だし、当分は勤務医として働くつもりだけどな。そういや、穂波の親父さん、うちの病院にいたんだよな？」

「ああ。母親も看護師で、勤めてた」

「じゃ、いずれはうちに？」

にやりと笑って歓迎するよと言う花村に、瞳は真面目な顔になって眉をひそめた。まだ大学にも入っていないのに…と溜め息交じりに言う瞳を花村は笑いた。

「穂波なら大丈夫だよ。そうだ。それで何を迷ってるんだ？」

相談の内容を聞かれた瞳ははっとした顔になり、姿勢を正した。元気そうに見えても疲れているはずの花村を早く帰さなくてはいけない。端的に話そうと意識して口を開く。

「実は…金銭的な余裕がないから、できれば国公立に行きたいんだが、うちから通うにはどこも遠いじゃないか」

「ここから通うつもりなのか？」

驚いたように聞く花村に、瞳は重々しく頷く。渚も薫も大きくなったとはいえ、まだ未成年で、来年は二人とも受験だ。それに学費さえも危ぶんでいるのに下宿なんてできる余裕はさらになく、どんなに遠くても自宅から通うしかなかった。

「でも…だったら…S大の医学部…？　いや、遠いよなあ」

通えそうな大学を調べてみた中で、花村が挙げた国立大が一番近かった。それでも往復五時間近くかかる。毎日となるとかなりの負担だ。それに…。

「一、二年のうちはいいけど、実習やらなんやら入ってくると、帰ってこられなくなるぞ」

「そうか…」

「俺は東京の大学で下宿してたけど、横浜が実家の奴でも大学近くにアパート借りてたからな」

物理的に通えるというだけでなく、入ってからの忙しさも考慮に入れた方がいいという花村の意見はもっともで、瞳も気にかかっていたものだった。やっぱりな…という思いで聞く瞳に、花村は頬杖をついて提案する。

「穂波がどう思ってるのかわからないけど、三慶《さんけい》医大は？」

「……」

花村の言う三慶医科大学は地元で唯一の医学部を持つ大学で、片道三十分で通える場所にあった。通学という点においては抜群の条件であるが…。迷う瞳に花村は三慶を勧める理由をつけ加える。

「いや、三慶って正直、偏差値的には穂波が目指しているような医大や医学部からは落ちるんだろうけど、大学の規模自体が小さいのもあって、教育システムが充実してるんだよ。だから、国試の合格率も高いんだ。…というのも、うちって三慶の系列病院だから、三慶を卒業した先生が多くて、いろいろ話を聞くんだけど、いい大学みたいだよ」

「偏差値とかそういうのは気にしたことないよ。やっぱ問題は…私大だからさ」

学費が溜め息ものだ…と瞳が肩を落として呟いた時だ。テーブルの横に誰かが立った気配を感じて、はっとして横を見ると、ソファの方で拗ねていた仁がいつの間にか移動してきていた。さっきはふて腐れたような顔をしていたのに、目が輝いているのを見つけ、瞳は訝《いぶか》しげに呼びかける。

「仁…？」

「そうですよね。三慶医大はいい学校ですよね！　俺も是非、三慶に行くよう、瞳に勧めてるんです！」

「……」

突然現れた仁は瞳の方は見ずに、花村に熱い口調で話しかけた。ろくに挨拶もしなかったくせに、自分に都合のいい展開になってきたのを聞きつけ、やってきたに違いない。通学時間が一番短くて済む三慶医大がいいと、仁はずっと主張していたのだ。

仁をホームステイしている外国人だと思っていた花村は、滑らかな日本語で話しかけられたのと、その内容に驚いた様子で、目を丸くしながらも頷く。それから事情を聞くような視線を瞳に向けた。瞳は溜め息をつき、仁に向かって手を振る。

「…仁。向こうに行ってろ」

「三慶の話なら俺も是非、聞きたいですから」

「穂波？」

鼻息の荒い仁を不思議に思う花村になんと説明するべきか。言葉を探していると、一階から「ただいま～」という声が合唱で聞こえてきた。こんな時に二人揃って帰ってくるとは。再度ついた溜め息は大きなものだった。


ホームステイと言ったけれど実際は遠い親戚《しんせき》で、自分の進路について心配しているのだと、瞳は花村に仁を改めて紹介し直した。それから、帰ってきた弟たちの夕食を先に準備しても

いいかと尋ねる。

「もちろん。腹空《す》かせてるだろ…」

気持ちよく頷きかけた花村は、同時にぐうと腹の音を鳴らした。側にいた瞳と仁にも聞こえるほどのもので、恥ずかしそうに「ごめん」と慌てて言い訳する。

「朝からほとんど何も食ってなくて…」

「腹空かせてるのはお前じゃないか。よかったら食べていかないか?」

「いいのか?」

「俺の手料理だから期待はするなよ」

断りだけ入れて、仁に手伝いを命じてキッチンへ向かう。それからすぐに着替えた渚と薫が二階へ上がってきた。

「兄ちゃん、うちの前に車が…あっ、先生!」

花村は渚にとって世話になった相手でもある。その存在に気づき、姿勢を正す渚と共に薫も挨拶してから、皆で食卓の用意を調えた。普段は四人で使っているテーブルだが、もともとは六人で使っていたものだから、食器を並べるのにも余裕がある。その夜は鮭《さけ》のクリームシチューがメインで、大根と豚バラ肉の餡煮に、ごぼうと糸こんにゃくのきんぴら、小松菜とあげのおひたしなどが並んだ。

一人暮らしの花村は外食ばかりで、こんなまともな食事をするのは久しぶりだと、手放しで喜んだ。

「すごいな、穂波。こんなに料理ができるとは」

「たいしたことないって。ご飯だけはたくさん炊いてあるから。お代わりしてくれ」

料理に使っている野菜のほとんどは庭の畑で仁が育てたものだと聞いた花村は二度驚き、旺盛な食欲を見せた。渚と薫も負けじと食べるものだから、余るほど炊いたはずのご飯もあっという間に炊飯器から消え失せる。

先に食べ終えた瞳と仁は、キッチンで片づけをしながらこそこそ話をする。

「…瞳。彼は悪い人ではなさそうですが、渚たち並に食べますね」

「ああ…。高校時代は気にしたことなかったが…あいつ、よく食うな」

何気なく誘ったものの、これでは弟が三人になったようだ。食事に招くのは危ないタイプだと、瞳たちの間では決定づけられたのに、何も考えていない弟二人が余計なことを言ってしまう。

「じゃ、先生。うちに来たら？」

居間の隅に飾られているクリスマスツリーを見た花村が、イブは偶然休みになったのに、彼女もいないから一人で寂しい…と言い出したのを聞いた薫が、無邪気に誘う。渚も便乗して「いいね」と言うものだから、瞳はキッチンで青い顔になる。

「イブは兄ちゃんが鶏もも肉を焼いてくれるんだよ。ケーキもあるよね？」

確認された瞳は引きつり笑いで「ああ」と頷く。瞳の思いに気づいていない弟二人と友人一人は、すっかりその気になっていた。

「いいな。穂波の手料理がまた食べられるのか」

「兄ちゃん、飯作るの、うまいんだよね」

「先生、俺も揚げ物は得意なんだ。今度、なんか揚げてやるよ」

花村の悲惨な食生活を聞いたせいなのか、同情心を抱いているらしい渚と薫はやけに親切だ。自分の友人であるから邪険にされるよりはいいのだけど、場合にもよる。花村が来るのなら、すき焼きなんてますます言ってられないのでは…と憂いたくなった。

弟たちと意気投合し、三慶医大に関する発言で仁にも気に入られていた花村は、九時くらいまで穂波家に滞在した。帰る彼を全員で見送りに出て、山道を下っていく車を見届けた。食後にも花村に進路に関する相談をしたが、仁と一緒になって三慶医大を勧めてくるものだから、他にはないような気がしてきていた。

風呂に入った後、瞳が勉強道具を広げて間もなく、後から入っていた仁がやってきた。花村が来る前とは百八十度違う機嫌のよさは、自分の意見が通る見通しが立ったからだろう。瞳も現実的に考えると、金銭面での無理を考慮したとしても、三慶医大しかないと思ってはいたが、素直に認めるのはしゃくだった。

「…にやにやするなよ」

「そんな顔してますか？」

瞳の指摘に慌てて、仁は頬を押さえる。顔じゃなくて、雰囲気そのものがにやついているといちゃもんをつけ、瞳はノートの上に突っ伏した。

「そりゃ、ご機嫌だよな。お前は最初から三慶に行けって言ってたんだから」

「瞳だってそれが一番だとわかってるでしょう」

「そうだけど…先立つものがなけりゃ、話にならない」

「お金なら、俺が」

何度も言うけれど…と前置きして、仁は同じ台詞を繰り返す。

「お金の心配なんてせずに、瞳は勉強に集中してくれればいいんです」

「…でも、渚だって薫だってどうなるかわからないし…。三人揃って私大で、下宿しなきゃいけないとかなったら…うちはパンクだ」

「俺がいる限り、パンクなんかしません」

怪訝そうに眉をひそめ、仁は頭に載せていたタオルを外す。真面目な顔で瞳を見て、溜め息交じりに告げた。

「いい加減、諦めて俺に全部託してください。助けてくれって言った時の素直さはどこへ行ったんですか？」

「俺が素直じゃないって？」

「ええ。変なところで強情張るのを直した方がいいです」

きっぱり言われた瞳はむっとした顔になって鼻先から荒く息を吐き出した。素直じゃない。確かにそうなのかもしれないが、金額が大きすぎるのだから、迷うのは当然だ。

「国公立に行ったところで医学部はやっぱりお金がかかるし、交通費などの経費もかかるから同じだって花村さんも言ってたじゃないですか」

「同じじゃない。半分…とまでいかずとも、三分の二には抑えられると思う」

しつこく言い張る瞳に呆れた目を向け、仁はパソコンを開いた。ぱちぱちとキーボードを打ち始めるのを見て、瞳も姿勢を正してシャープペンシルを握る。仁に強情を張ってみせるのは甘えみたいなもので、現実的に考えなきゃいけないのはわかっている。願書の締め切りまでもう一月くらいしかないのだから。

朝、弟たちを学校へ送り出した後、仁と手分けして家事を済ませてから、瞳は勉強に取りかかる。仁は庭の畑へ作業をしに行き、昼近くになって戻ってくると、昼食を作って二人で食べるというのが日課になっていた。

仁が畑で取ってきたねぎを刻んでたっぷり載せれば、ただのかけうどんもごちそうになる。シンプルだけど美味しいなと言いながら食べ終え、後片づけをしてくれる仁に、瞳は買い物に出かけると告げた。

「ちょっとスーパーまで行ってくる。一緒に行くか?」

「はい。荷物が多いから大変でしょう」

穂波家には自家用車がなく、なんでも自転車で用を済ませなくてはいけないから、一度に買い込める量は限られている。仁が一緒ならば日用品もついでに買いに行こうかなと言って、瞳は折り込みちらしを探した。

「…あった。ドラッグストアの特売が…よし、今日はトイレットペーパーだ。一人二個までだって。四個買えるな」

「先にスーパーに行ってから荷物の量を考えて、持てる分だけにした方がいいですよ」

瞳は数量だけで考えるけれど、物理的に運べない量を買ってしまうと後が大変だ。苦労した覚えのある仁は真面目な顔で忠告し、シンクのレバーを下げて水を止めた。出かける準備をして、二人で一階へ下りる。

玄関から出て鍵をかけ、ガレージに置いてある自転車を引いて外へ出た時だ。山道を車が上がってくる音が聞こえた。穂波家は山間部の集落からも離れた奥地に建っており、その先には今はポールたちが暮らす家しかない。だから、そこまでやってくるのはその二軒に用がある車だけだ。

見えてきたのは黒色のセダンで、宅配などのトラックではなかった。だから、瞳は「ポールさんだ」と嬉しそうに言った。

「帰ってきたんじゃないか」

「……」

一月以上、戻ってきていないポールのことを瞳は心配していた。明るく言う瞳に対し、ポールの存在を鬱陶《うっとう》しがっている仁は渋い顔をしてみせる。その表情を注意していると、二人の手前まで来た車が停まる。瞳の知り合いで黒塗りの高級外国車で現れる人間など、ポールしかおらず、笑みをたたえてドアが開くのを待っていた。

先に開いた運転席からは、ポールのセキュリティガードであるジョージが降りてくるのだと思っていた。しかし、現れたのは外国人であっても、ジョージではなかった。あれ…と思いながら、彼が開ける後部座席を見る。ジョージは一緒でないのかという瞳の考えは間違っており、後部座席からは瞳の知らない人物が降り立った。

「……」

ポールが乗っているのだとばかり思っていた車から出てきたのは、背の高い女性だった。ストレートの黒髪を長く伸ばし、前髪は眉のあたりで切りそろえられている。髪の色は黒くても彫りの深い顔立ちは日本人には見えず、瞳は翡翠《ひすい》色だ。黒のパンツスーツを着ており、折れそうなピンヒールを履いている。化粧っ気はないが、誰もが認めるような美人で、艶《つや》やかな唇が健康そうなイメージを与えていた。

瞳の知り合いで外国人といえば、ポールにジョージにエドワードくらいで、その女性はまったく見覚えのない相手だった。どう考えても仁の知り合いで、隣をちらりと見れば…。

「………」

仁は時々、ひどい仏頂面になるけれど、その典型的な表情があって驚いてしまう。エドワードの名を聞いた時と同じくらいの険相だ。けれど、仁が知っている相手だからこそ、こういう表情も出るのだよな…と思いつつ、瞳は再び車から降り立った女性に視線を移した。

ハイヒールの音を響かせ、近づいてきた彼女は仁に向かってにっこりと笑った。

「久しぶりね。元気そう」

「……。まさか、あなたが来るとは思ってもいませんでした」

「そう？　予想はできてたんじゃない？　…穂波瞳さん？」

はきはきとした口調の…しかも日本語で仁に話しかけた女性は、瞳の方を見て華やかな笑みを浮かべた。どうして自分を知っているのかという疑問が湧《わ》いて、目を丸くした瞳に、彼女は手を差し出して名乗る。

「初めまして、ジェシカ・スウィフトです」

「……あ……え…」

握手なんて習慣はないから、瞳は咄嗟《とっさ》に反応できなかった。慌てて手を伸ばすと、ひんやりとしたジェシカの掌《てのひら》に包まれる。感触は冷たかったけれど、握る力は強く、掌も大きかった。それもそのはず。ジェシカは男性としては小柄な瞳よりも背が高く、ハイヒールを履いているせいもあって、長身の仁と視線が並ぶほどだった。

よろしく…と言われて反射的に頷いたが、何をどうよろしくなのか、さっぱりわからない。仁の知り合いなのは確かなようで…つまり、ポールの仲間であるから、あんな険しい表情を浮かべたのか。そんな推測は当たっており、仁は冷たい口調でジェシカに言い放つ。

「誰が来ても同じです。向こうは大変な状況みたいじゃないですか。俺なんかに構っている暇はないでしょう」

「だからこそ私が来たってわかってるんじゃないの」

「……」

「こんなところじゃなんだから、中で話さない？　こっちの条件を提示させてもらうわ」

「結構です」

仁はジェシカの提案を拒絶し、瞳に「行きましょう」と声をかけて自転車に乗った。さっさと行ってしまう仁を放置するわけにはいかず、瞳はジェシカに一礼してから後を追う。自転車を漕ぎ始めて後ろを振り返ると、ジェシカが笑みを浮かべて立っているのが見え、どこからともなく不安な気持ちが生まれるのがわかった。

おい、待てよ。そんな瞳の声に気づいた仁は自転車を漕ぐ足を緩める。スピードの落ちた仁の自転車に並んだ瞳は、「誰だ?」とジェシカの正体を尋ねた。

「……」

「お前が言わなくても、あの人に聞けば教えてくれそうだが」

ジェシカの態度や口ぶりからすると、あの程度で引き下がるとは思えなかった。それは仁もわかっているようで、渋々口を開く。

「…ポールの…同僚みたいなものです」

「同僚…」

やっぱり…と思いつつ繰り返した瞳は少し考えてから、仁に再び質問を向ける。

「さっき『向こうは大変』とか言ってただろ。それってポールさんが戻ってこないことに関係してるのか?」

「……」

「もしかして……ポールさんはもう…来ないのか?」

慎重に確認する瞳に、仁は答えなかった。答えがないのは肯定を意味しているのだとわかり、自転車のペダルが重くなったように感じられる。春に帰ってきた仁を連れ戻すために現れたポールたちとは、半年余りのつき合いの中で親近感を抱くようになった。その目的は瞳の意に沿わないものだったけれど、隣で暮らし始めたポールはとても紳士的で好ましい相手だった。

しばらく留守にするという挨拶を受けた時、気軽に「わかりました」と返事した。それまで何度か経験していたから、またそのうち戻ってくるのだと思っていたからだ。

「……もう…会えないのか」

ポールとジョージの顔を思い出し、瞳はぽつりと呟く。瞳が残念に思っているのは仁にも伝わり、溜め息交じりに言う。

「瞳はポールを気に入ってましたからね」

「気に入るというか……ポールさん、いい人だったしさ」

外国人なのにとても気遣いのできるポールは、食事に招けば手土産《てみやげ》を持参してくるし、留守にして戻ってきた時にもお礼といってお菓子などを買ってきてくれた。だからというわけでもないのだが、渚や薫もポールを慕っていたので、この話を聞いたら残念がるだろうなと思う。

あれが最後だとわかっていたら、もっとちゃんと挨拶したのに…と悔やみながら、ふと頭に浮かんだ考えを口にした。

「…じゃ……さっきの人って…ポールさんの代わりなのか？　隣に住むのかな」

「さあ。たぶん、住まないと思いますけどね。ジェシカはポールのように呑気《のんき》じゃありません」

「……」

呑気じゃない…という意味は物騒な内容も連想させて、瞳は何も言えなくなった。仁が帰ってきた直後、勘違いしたジョージに拘束された時のことを思い出す。素早く手慣れた動きは普通の人間のものではなく、未知の恐怖を覚えた。

仁を含め、彼を巡る皆が縁遠い世界から来ているのを、心の底ではわかっているけれど、敢《あ》えて考えないようにしてきた。突き詰めてしまえば、仁との間に距離が開いてしまうように思えて怖かったせいもある。

ジェシカはポールとはタイプが違うようだが、目的は同じなのだろうか。仁を連れ戻すためにやってきたのだろうか。仁に確かめてみたかったけれど、勇気が出なくて、瞳は何も言えなかった。そのまま自転車を漕いでいたら、いつの間にか目的地であるスーパーひよどりに着いていた。

「今晩の献立は決まってるんですか？」

「…いや。安売りを見て考える」

自転車を停めながら聞いてくる仁に、首を振って答えた。今、考えてもどうしようもないことはひとまず保留して、目の前の買い物に集中しようと決める。でないと、余計なものを買ってしまったり、肝心なものを買い忘れたりしそうだ。買い物袋を手に仁と共にスーパーの出入り口へ向かい、かごを仁に持たせて物色を始めた。

「大根や青菜はあるからな。野菜は足りないもので……お、れんこんが安い」

「れんこんって普通の畑では作れないんですよ」

「そうなのか？」

趣味で畑をやっていた母親が生きていた頃、瞳はまだ子供だったせいもあって、野菜作りにまったく興味がなかった。仁が畑を復活させて野菜栽培を始めてから知ったことがたくさんある。

れんこんは通常の畑ではなく、稲を作る田のように水が引ける農地でないと栽培できないのだという仁の話を聞きながら、瞳は肉売り場へ移動する。特売だった豚の細切れ肉をかごに入れ、お値打ちな外国産の豚バラ肉の塊も手に取る。

「そんな塊をどうするんですか？」

「厚めに切ってれんこんと一緒に炊こうと思って。あ、ゆで玉子も入れよう」

鶏卵が一パック九十八円というお得価格で売っているのを見つけ、瞳は嬉々《きき》とする。お一人様一パック限りだが、仁もいるので二パック買える。一緒に来てよかったと喜びつつ、納豆や牛乳といった不可欠な品も入れていく。

余計なものは一切入れていないのに、レジに着く頃には仁が持つかごはいっぱいになっていた。支払額もそれなりになり、溜め息を漏らしながら、レジを後にして買い物袋に商品を詰める。

「これが一週間分とかならなあ。まだ救いもあるんだが…」

「明日にはないですよね」

真面目な顔で言う仁に同意し、重みのある袋を手分けして持って自転車置き場へ向かった。

互いのかごに荷物を乗せ、次はドラッグストアへ向かう。スーパーひよどりでも日用品を取り扱っているが、特売日のドラッグストアの方がお得だ。

安値となっていたトイレットペーパーや洗濯洗剤などを買い、自転車の荷台にくくりつけて帰途についた。冬は日の沈むのが早い。冬至前だから、一年の中でも一番昼間の短い頃でもある。家を出た時には高かった日も、二軒をはしごして買い物している間に、傾き始めていた。

店の中などでは普通に会話していたが、自転車で並んで走っていると、無口になってしまう。何気ない言葉をかけられないのは、心に引っかかるものがあるせいだ。それを抑えて、適当な世間話でもしたいのに、なかなか言葉が出なかった。

そんな瞳に、仁が声をかけたのは、家に続く道へ差しかかった頃だった。

「瞳」

「…ん？」

どきりとした気持ちを隠して、なんでもないような相槌を返す。隣を並んで走る仁をちらりと見れば、真剣な横顔はまっすぐ前を見ていた。

「俺は…瞳に……話してないことがあります」

「……」

「その内容を…もしかしたら、ジェシカから聞くかもしれませんが…、……」

仁に隠し事があるのはわかっていた。言いにくそうに話し始めた仁が言葉に詰まるのを見て、瞳は小さく息を吐く。六年前、突然いなくなった仁がどこで何をしていたのか。強い調子で尋ねても具体的な答えは返ってこなかった。仁が言いたくないのなら聞かないでいようと決め、今ではまったく気にしていない。

それを、ポールに代わってやってきたジェシカから聞くかもしれないと言う仁は辛《つら》そうにも見えて、瞳は敢えて軽い感じで返す。

「今さら、何を聞いたところで平気だよ」

「…瞳……」

「お前が側にいてくれるなら」

それだけですべて乗り越えられる。迷いなくそう思っていたから、にっこり笑って仁に告げることができた。瞳の言葉を聞いた仁はほっとしたように表情を緩め、息を深く吐く。迷惑をかけてすみません…と詫びる仁を元気づけるためにも、瞳はいきなり「競争だ！」と言ってペダルを漕ぐ足を速めた。

待ってください…という仁の声を後ろに聞きながら、ぐんぐん加速する。不安があるのは事実だけど、仁がいてくれればなんだって解決できる。逆に、誰に何を言われても仁は絶対手放さないと心の中で固く決意して、瞳は白い冬の空に向かって大きく息を吐いた。


出かける時、穂波家の前に停まっていた車は消えており、奥の隣家にもその気配は見えなかった。先に辿り着いた瞳は隣の様子を窺ってから、ガレージへ自転車を乗り入れる。遅れて山道を上がってきた仁は、荒い息づかいで瞳に早すぎると文句を言う。

「こんな坂道を……そんな早く…上れません…から…っ」

「軟弱だよなあ。お前は」

「瞳が強すぎるんですって…」

弱いのは自分ではないと言い訳しつつ、自転車を停める仁と手分けして買い物してきた荷物を二階へ運んだ。食材を冷蔵庫へしまい始める瞳に、仁は後は任せてもいいかと聞く。

「ああ。畑でも行くのか?」

「いえ…畑はもう少し後で」

ではは何をするのかと思いつつ、仁の動向を窺っていると、ソファに座ってパソコンを開く姿が見えた。なんとなくジェシカが現れたことに関係しているような気がしたが、瞳は何も言わず、食材を整理してから、日用品も片づけた。

夕飯の支度をするまでには時間があったので、それまで勉強しようとダイニングのテーブルでノートを開く。ローテーブルに置いたパソコンをぱちぱちと叩いている仁は後ろ姿しか見えなかったけれど、真剣な様子で声をかけるのも躊躇《ためら》われるほどだ。そっとしておこうと思い、瞳は自分の勉強を始めた。

その日、仁はそのまま夜までパソコンの前を離れなかった。いつもならば洗濯物を入れて、畑の様子を見に行って、夕飯用の野菜を取ってきてくれるのに、周囲の様子が見えないほど集中している仁を少し心配に思いながらも、瞳は声をかけずに一人で家事を済ませた。

パソコンにのめり込んでいた仁が周囲の状況に気づいたのは、夜になり、薫が帰ってきてからだった。

「ただいま～。兄ちゃん、腹減った。…あれ。仁くんは？」

「あっち」

そろそろ弟たちが帰ってくる頃だと思い、キッチンで支度を始めていた瞳は、薫の問いかけにソファの方を指さして答える。薫のいる場所からでも仁の背中が見え、「仁くん」と声をかけた。

「ただいま！」

「……」

「仁くん、ただいまってば！」

瞳は敢えて声をかけないようにしていたが、薫は事情を知らない。いつもなら「お帰りなさい」と出迎えてくれる仁が無反応なのを不思議に思い、声を大きくして呼びかける。仁はそれにようやく反応して身体《からだ》を震わせた。

「っ……え……あ、薫。お帰りなさい……あれ。いつの間に…夜に…」

不思議そうな顔できょろきょろとあたりを見回す仁は、暗くなったのにも気づいてなかったようだ。部屋の電気は途中で瞳が点《つ》けたのだが、その時も無反応だった。瞳は内心で溜め息をつきつつ、薫に手洗いうがいをしてくるように命じ、仁には食事をどうするか聞いた。

「忙しいなら後でもいいぞ。渚はまだだし」

「いえ。すみません、瞳。何もやらずにいて……」

「いいよ。…なんか集中してるみたいだったから、声をかけなかったんだ」

洗濯物を取り入れたりするために何度も側を通りかかったが仁は無反応だった。ちらりと覗き見たパソコンの画面は相変わらず瞳にとっては意味不明な内容で、何をしているのかわからなかった。謝りながらキッチンまでやってきた仁に、瞳は窺うような口調で「何してたんだ？」と聞く。

「ちょっと……プログラミングの変更を…」

「……。箸、出してくれ」

それが本当なのか、ごまかされているのかさえもわからず、瞳は考えないようにして仁に指示を出す。洗面所から戻ってきた薫も夕飯の支度を手伝い、三人で整えた食卓につこうとしたところ、一階から渚の声が聞こえた。

食事にするから早く上がってくるよう一階へ声をかけ、渚の用意もする。外が寒かったとぼやきながら姿を見せた渚も一緒に席につき、皆で「いただきます」と手を合わせた。食べ始めてすぐに、薫は瞳に翌日の予定を確認する。

「兄ちゃん、そういや、明日。学校だって覚えてる?」

「わかってる。二時半からだろ」

「よろしく」

十二月に入り、学期末も近くなってくると学校では個人懇談が行われる。両親が亡くなってから、瞳が渚と薫の保護者として学校の行事などに赴いてきた。これまでは仕事があったので、途中で勤務を抜け出して学校に行ったりしていたが、今はいつでも都合がつけられる。

「渚の方は…三学期末だよな」

「そう。三年はちょっと多くなるみたいだけどね」

まだ中学生の薫とは違い、高校生である渚の学校へ顔を出す機会は少ない。しかし、来年は共に受験だから、進路相談にもなってくるのだと考えると、自分は合格しておかなければと思わされた。落ちてしまったら、弟の進路相談どころではない。

れんこんと豚バラ肉、ゆで玉子を一緒に炊いたものは好評で、大皿いっぱいに盛りつけたのにあっという間になくなってしまった。うまいうまいと食べてくれるのはありがたいが、一度で綺麗さっぱり食べつくされるのも複雑なものだ。

「これ、うまかったよ、兄ちゃん。酸っぱいのはお酢?」

「ああ。肉も軟らかくなるし、一石二鳥だな」

「ゆで玉子も味が染みてて美味しかった。クリスマスのごちそうメニューに加えよう。チキンと、これと…」

「クリスマスといえばさ。ポールさんって来るの?」

ふいに思い出したように渚に聞かれ、瞳はそのまま仁を見た。どう答えればいいか迷っての仕草だったが、弟たちに異変を伝えるには十分だった。

「ポールさん、どうかしたの?」

「そういえば…このところ見てないよね。アメリカだっけ、どっかに帰るって挨拶に来てから…もう一月近く経つんじゃない?」

瞳がポールに親近感を抱いていたように、渚と薫もまたポールを慕っていた。特に二人にとってポールは思いがけないごちそうを食べさせてくれるありがたい相手でもある。穂波家の財政事情ではとても手の届かない品を、ポールはことあるごとに届けてくれた。

二人が残念がるのを予想しながら、瞳は仁に確認するような言い方で説明する。

「ポールさん、もう帰ってこないみたいなんだ。…なあ?」

「……」

お前は詳しいんだろ…という目で瞳に見られた仁は、困った顔つきで頷く。どうして？と言う渚たちの問いに言葉を選んで答えた。

「…いろいろあって…本国での業務が縮小されるようなので、そのあおりを受けて…という感じでしょうか」

仁が弟たちに説明するのを聞きながら、瞳はジェシカの顔を思い浮かべていた。業務が縮小…という言葉は、「向こうは大変」という言葉と繋《つな》がっているのか。ならば、なぜジェシカが来たのか。ポールの代わりとしてやってきたジェシカについては触れず、ぼそぼそとした物言いで口を閉じた仁に、渚と薫はなおも聞きたそうな顔をしていたが、結局、何も言わなかった。

二人も瞳と同じで、仁を追求してはいけないと知っている。余計な好奇心が今の生活を壊しかねないとも。微妙な沈黙が訪れたテーブルを気にかけるように、薫がわざと「あーあ」と声をあげて溜め息をついた。

「ポールさんをパーティに招いたら、アラベスクのクリスマスケーキを買ってきてくれるかもって、ちょっと期待してたのにな」

「お前も？　俺も！」

薫の独り言に同意する渚を見て、瞳は眉をひそめた。ケーキは俺がちゃんと予約した…と言う兄に、弟たちはポールの幻影でも見ているみたいな遠い目をする。

「兄ちゃんが予約したのって、スーパーひよどりの特製ケーキだろ？　あの、地元のパン屋が作ってる、生クリームしか挟んでなくって、上に乗ってるイチゴもとっても小さい…」

「贅沢《ぜいたく》は敵だってわかってるけど、あれってパンの延長だよね？」

「文句言うなら食わせない」

こそこそと愚痴る二人を冷たい目で見て、瞳は鼻息つきで宣言する。パンに毛が生えたような代物でも、クリスマスにケーキがないのは寂しすぎる。慌ててフォローに走る渚と薫は必死だった。

「い、いや、文句とかと違うんだ！　ほら、アラベスクは本物のケーキっていうか…。ダメだね！　俺たち、最近、贅沢しすぎだったね！」

「そうだぞ、薫。パンみたいなスポンジケーキでも、生クリームがついたらケーキだ！」

いちいち引っかかる言い方なのが気に入らなかったが、もう予約してしまったケーキは一番大きなサイズで、弟たちに食べさせないという意地悪はありえない。瞳と仁ではとても食べきれない大きさなのだ。

居間の隅で光っているツリーはあと二週間ほどで訪れるクリスマスを待ち構えている。ポールがいないのは残念だが、代わりに花村が来てくれるのが弟たちには楽しみになるはずだからと自分に言い聞かせ、寂しさをそっと胸にしまった。

夕飯の片づけを済ませ、瞳が風呂から上がってくると、仁はまたソファのところでパソコンを弄っていた。瞳が近づいても気づくことなく集中している仁の背中をしばし見つめた後、足先で腰を突く。

「っ…!　あ、瞳…」

驚いた顔で振り返る仁に、「風呂、空いたぞ」と知らせる。仁は「はあ」と生返事をしてから、もう少し後で入ると言った。仁の集中ぶりを見ていると怪しいものだと思ったが、風呂に入らないくらいでは死なない。それ以上は言わず、仁の邪魔をしないようにダイニングテーブルの方へ移動して勉強を始めた。

瞳はいつも通りに十二時過ぎまで勉強して寝室へ入ったが、仁はパソコンの前から動こうとしなかった。先に寝るぞ…と言う瞳にもろくに答えず、キーボードを打ち続けている姿に嘆息しつつ、一人でベッドに入った。

後から入ってくるかと思っていた仁は結局、朝までやってこなかった。目覚ましの音で起きた瞳は、仁がいないのに眉をひそめて、ベッドを下りる。寝室のドアを開ければ、居間のソファで仁がつぶれているのが見えた。

「……ったく」

何をしているのかと渋い表情を浮かべ、瞳はベッドから持ち出した毛布を仁にかけてやる。ぴくりともせずに寝ている仁はいったいいつ、眠ったのだろう。明け方までやってたんじゃないだろうな…と怪しみつつ、ローテーブルを見ると…。

「……」

ノートパソコンが三台置かれており、どれもが激しく動いていた。すごい勢いで数字やアルファベットが流れている画面は目がちかちかして見ていられない。パソコンが三台あったのも知らなかった瞳はそれだけでも感心していたのだが、立ち上がって見れば、テーブルの周囲にいくつもの電子機器が並んでおり、訝しく思えてきた。

何をしているのか聞いた時、仁はプログラミングの変更と言っていたけれど、具体的には何をどうしようとしているのだろう。ジェシカが来たことに起因しているような気がして、形のない不安が湧き上がってくる。

小さく息を吐き、ぴくりともせずに眠っている仁をしばし見つめた後、瞳は寝室へ着替えに戻った。洗面で顔を洗い、キッチンで朝食と弁当作りを始める。いつもは渚たちが上がってくる前に仁と二人で先に朝食を済ませてしまうのだが、いつ寝たのかわからない仁を起こすのは可哀相《かわいそう》で、渚と薫が現れるのを待っていた。

「おはよう、兄ちゃん。…あれ？　仁くんは？」

「寝てるから起こすなよ」

瞳の視線を追ってソファを覗きに行った薫は寝ている仁を見つけ、なるほどというように頷く。続けて上がってきた渚が大きな声で「おはよう」と言うのに、「しー」というジェスチャーを見せて、静かにするように求める。

「なに？　どうかした？」

「仁くん、寝てるから」

薫の話を聞いた渚もソファを覗きに行き、納得しながら戻ってきた。二人に手伝わせ、朝食の支度を調えた瞳は一緒に席に着いて食べ始める。

「仁くん、あれからずっとパソコン弄ってたの？」

ローテーブルの上にある三台のパソコンや、その周りにある電子機器類は渚と薫の目にも入っていて、小声で瞳に尋ねる。瞳は箸を動かしながら、「みたいだな」と答えた。

「俺が十二時過ぎに寝た時はまだやってた」

「今熟睡してるってことは、寝たのは明け方とか？」

じゃないか…と相槌を打ち、瞳はソファの方へちらりと視線を向けた。ダイニングテーブルとソファはそんなに離れているわけではないが、仁が三人の気配に気づいて目覚める様子はない。声を潜めて話しているとはいえ、熟睡していなければ日が覚めそうなものだ。

「何してんの？」

「さっぱりわからん」

「難しそうだってのはわかるけどねえ。うち、皆、機械音痴だからなあ」

機械類に疎いというだけでなく、金銭的事情から携帯電話も持っていない。パソコンというのも亡くなった父親が使っていた時代遅れのものしかなかったから、仁が戻ってきてようやく、自宅でインターネットが使えるようになったのだ。

そんな穂波家の三人にとって仁のしていることは謎の極みであって、「よくわからないけど大変そうだ」という一言に落ち着いた。仁を気遣い、静かに朝食を食べ終えた渚と薫は弁当を手に出かけていく。

「じゃ、兄ちゃん。昼からよろしく」

「わかった」

念押しする薫に頷き、瞳は一階まで下りて二人を見送ってから、洗濯機を回した。いつもは仁がやっているが、あの様子では昼まで起きそうにない。二階はともかく、一階の掃除を先に済ませてしまおうと思い、渚と薫の部屋の空気を入れ換えたり、掃除機をかけたり、細々動いているうちに洗濯が終わり、洗い上がった洗濯物をかごに入れて二階へ運ぶ。

ソファでは仁がまだ寝ており、ベランダへ続く窓を開けるのにも気を遣った。外は身震いするほど空気が冷えており、大きく息を吐いて、洗濯物を干し始める。冬は重ね着をするからどうしたって洗濯物が増える。なのに、乾きが悪いから、家事を担当する者としては悩みの種でもある。

できるだけ太陽が当たるように場所を考えて干した後、かごを手にリビングへ戻った。そっと窓を開けたつもりだったけれど、部屋に入り込んだ冷気が気になったのか、仁が目を覚ましてしまう。

「……ん……。…瞳…？」

「悪い。起こしたか？」

「いえ……。ああ…すみません…。洗濯…」

自分の仕事なのに…と悔やむような顔をして、仁は起き上がる。もともと、くるくるな髪の毛が鳥の巣のように絡んで爆発したみたいになっているのを見た瞳は、苦笑して風呂に入るよう勧めた。

「入れたままにしてあるから。沸かし直せば入れる」

「……すみません」

申し訳なさそうに詫び、仁はよろよろと立ち上がって一階へ下りるために階段へ向かった。ついでに戻しておいてくれとかごを預け、瞳はキッチンへ入る。仁のために朝食として、おにぎりを用意してから、二階の掃除にかかった。

ソファ周りは仁に占領されているので、それ以外のダイニングやキッチンなどに掃除機をかけ、床拭《ゆかふ》きを始めようとしたところへ仁が戻ってきた。

「瞳。それは俺がやりますから」

「いいって。飯、食うよな。用意する」

仁の申し出を断り、瞳は手を洗って、用意しておいたおにぎりを温め直した味噌汁と共に出した。渚たちの弁当用に作った玉子焼きなどのおかずも皿に並べる。仁が「いただきます」と手を合わせるのを見ながら、お茶を入れた湯飲みを手にその前に座った。

「朝までやってたのか？」

「…はい…。五時過ぎ…くらいにちょっと休もうと思って横になったら…寝ちゃってました」

「何してんのか知らないけど、無理すんなよ。うちにパソコンが三台もあったなんて、知らなかったし…。いろいろ置いてあるのを壊すといけないんであっちの方は掃除してないからな」

「すみません」

殊勝に謝る仁に瞳はお茶をすすりながら「終わったのか？」と聞く。仁はおにぎりを頬張って、首を横に振った。

「もう少し…かかります」

真面目な顔で言う仁に「そっか」と頷き、家事は気にしなくてもいいと伝えた。仁はすまなさそうだったが、作業を続けたいようで瞳の言葉に頷く。朝食を食べ終えると、そのままパソコンの前に戻った。

ポールからの頼まれごとを片づける時でも、仁はあんなに長い間、パソコンに向かっていなかった。自分が留守にしている間に作業を終えてしまっていたりして、そんなに簡単に終わることならと呆れたりしたものだ。

ということは、今はそれよりもずっと難しい作業をしていると考えられるけれど、ポールがいない今、彼に絡んだ仕事はないはずだ。だとしたら…。

「……」

仁が何をしているのかはどんなに考えてもやっぱり想像がつかず、瞳は考えるのをやめて自分の受験勉強を始めた。正午を過ぎて昼食にしないかと仁に声をかけたが、返事はなく、諦めて一人で食事を済ませた。

二時になり、薫の学校に出かける前に、瞳は仁が使っているテーブルにおにぎりを載せた皿とお茶を置くと共に、声をかけた。

「俺、薫の学校に行ってくるからな。…これ。食っておけよ」

「……あ、はい。ありがとうございます…」

パソコンの画面から一瞬だけ目を上げて礼を言う仁に休憩を取るよう勧めてから、瞳はダウンジャケットを手に一階へ下りた。玄関で袖《そで》を通し、前のファスナーも上げて外へ出る。

「さむ…」

朝は顔を出していた太陽も、昼前から雲に隠れて見えなくなった。これから夜に向け気温は下がる一方だ。マフラーを首元に巻きつけ、手袋もはめて自転車に乗ると、山道を勢いよく走り下りる。

薫の通う中学校は自転車で二十分ほどのところにある。穂波家の建つ山間を下り、海とは反対方向へ向かって走り、再び山道へ入る。瞳自身の母校でもあるから、通い慣れた道だ。顔に当たる冷たい風を我慢しながら自転車を漕ぎ、見慣れた校舎へ辿り着く。

個人懇談の期間は授業が早く終わるので、帰宅する生徒も多く見られる。保護者用の自転車置き場に停め、薫のクラスがある二階へ向かう。懇談には本人も参加すると決められているため、部活を抜け出してきた薫が階段の踊り場で待っていた。

「兄ちゃん」

「遅れてないよな?」

「うん。前の人が終わってなくて、次の人が廊下で待ってるからさ」

遠慮して踊り場にいたのだと聞き、瞳もそこで立ち止まった。首に巻いてきたマフラーと手袋を外し、ダウンジャケットのファスナーを下ろして一息つく。

「悪いね。寒かっただろ」

「まあな。結構冷えてきてるな」

「仁くんは?」

家にいる…と答えた後、まだパソコンを弄っているとつけ加える。薫は「えっ」と驚いた声をあげ、何してんの？　と素朴な疑問を瞳に向けた。

「プログラミングがどうとか言ってたが…俺にはよくわからん」

「ポールさんから頼まれたのかな？」

「さあ…。ポールさんが留守にしてから一月経つし、連絡を取ってるとも思えないが…」

　瞳が眉をひそめて呟いた時、薫と同じクラスの同級生が母親と共に階段を下りてきた。次は薫の番で、二人で廊下へ移動する。待合用に置かれた椅子に並んで腰掛け、「ところで」と薫に話しかける。

「叱《しか》られるようなことはないだろうな？」

「あると思う？」

「……」

　渚も薫も成績優秀で、素行にもなんの問題もなく育ってくれている。今まで褒められたことは多数あれど、問題を指摘されたことは一度もない。立派だとは思うが、不遜《ふそん》にも思える聞き返し方が鼻について、「猫かぶりなだけだろ」と小さな厭味《いやみ》を向けた。

「猫なんかかぶってないよ。素だよ、素」

「先生にお前の部屋を見てもらいたい」

「いやいや、あれは許容範囲でしょ」

「どこがだ」

少しは自分で片づけろ…と注意しているうちに前の生徒が終わり、母親と共に出てきた。薫の担任である四十代の女教師から、「次の方どうぞ」と招かれる。

「失礼します」

教室の入り口で丁寧に頭を下げてから教室内へ入った瞳は、面談用に置かれた椅子に薫と並んで腰掛けた。担任とは夏休み前の懇談でも顔を合わせている。その際、担任が薫に好印象を抱いているのはわかっていたが、開口一番、なんの問題もありません…と告げられたのには正直、拍子抜けした。

「穂波くんは成績も申し分なく…今回の期末テストは残念ながら二点差で学年二位でしたが、二点差ですから…。バスケ部では三年生の引退後、キャプテンとなり、皆を引っ張ってくれています。クラス内でも人望厚く、私も穂波くんにとても助けてもらっています」

「はあ…。ありがとうございます」

薫がそつなくやっているのは知っているが、手放しでの褒め方を居心地悪く感じながら、瞳は頭を下げた。その後も薫への褒め言葉が続き、時間切れという形で懇談は終了した。

薫と二人、「ありがとうございました」と礼を言い、教室を出た瞳は、階段を下りかけたところで本音を口にした。

「…あの先生は…お前のことを買いかぶりすぎだな…」

「俺もちょっと、そう思う」

薫自身、思い当たるところがあるようで神妙な調子で同意した。しかし、厭《いと》われるよりはいいだろうと結論づけ、二人で一階へ下りると、体育館へ向かうという薫と別れる。

「兄ちゃん、ありがとね。ちなみに今日の晩飯、何？」

「考えてない。これからスーパーに行くんだ」

特売次第だという瞳のつれない答えにも薫は堪《こた》えず、「ご褒美にハンバーグ！」とリクエストする。なんのご褒美なのかと呆れながら瞳は適当に流し、昇降口へ向かった。来客用のスリッパからスニーカーに履き替え、ダウンジャケットの前を閉める。

「…雲が多くなってきたな」

空はどんよりとした鼠色《ねずみいろ》で、時刻を考えても、これから晴れる可能性は低いだろう。雨までは降らないと思うが、早めに買い物を済ませて帰った方がいいと思い、瞳は早足で自転車置き場を目指した。置いてあった自転車に乗り、正門から出てすぐのことだ。

ヒューイと高い口笛の音が聞こえた。自分に向けられたもののように感じて、瞳は自転車を停めて振り返る。

「……」

自分を呼ぶ音に思えたのは気のせいではなかったとわかったのは、正門の向こうにジェシカがいたからだ。どきりとして息を呑《の》む瞳に、ジェシカは笑みを浮かべて近づいてくる。

「ハイ」

昨日は日本語で話していたけれど、ジェシカがかけてきたのはアメリカ人らしい明るく挨拶で、瞳は戸惑いつつも軽く頭を下げ、自転車を降りた。昨日のスーツ姿とは違い、MA1タイプのブルゾンにカーゴパンツ、足下はエンジニアブーツというスポーティな格好だ。

「ちょっといい？」

「……」

軽い調子で都合を聞くジェシカにどう答えればいいかわからず、瞳は沈黙した。仁からジェシカと話すな…というような注意は受けていない。ただ、自分が話していないことを彼女から聞くかもしれないとは言っていた。

それを思い出すと、ふいに恐ろしいような感覚が湧き上がって、瞳は首を横に振った。

「…すみません。用があるので失礼します…」

ジェシカには関《かか》わらない方がいいに違いない。そう思って、自転車に再び乗って去ろうとした瞳だったが、ジェシカの手にぐっと自転車のハンドルを押さえられて動かせなかった。女性ではあるけれど、大柄なジェシカだ。昨日のようなハイヒールでない分だけ、視線は下がっていたものの、瞳とは背が並ぶ。そのせいもあるのか、女性とは思えない腕力だった。

「っ…離して…ください…！」

ジェシカの手から逃れようと、力をこめて自転車を動かそうとするのだが、ぴくりともしない。その上、ジェシカは力を入れている感じもしなかった。

「どこ行くの？」

「…っ…あなたには関係ない…っ」

「つき合うから。それ、終わったら時間くれる？」

長い髪を揺らして覗き込んでくるジェシカの顔には、子供みたいな悪戯《いたずら》っぽい笑みがあった。全力を出しても自転車が動かせなかった瞳は、自分には勝てないと諦めをつけ、鼻先から息を吐いて力を抜く。

「…わかりましたから…離してください」

「ありがとう」

嬉しそうに礼を言い、ジェシカが手を離すと、磁石が外れたみたいに動かせるようになる。なんて馬鹿力なんだろうと内心で思いながら、瞳は周囲を見回した。ジェシカはヤキュリティガードと共に車で来ているのだろうと思ったが、見渡せる範囲にその姿はない。

「スーパーに買い物に行くんですが…車なんですよね？」

「スーパー？　…スーパーマーケットね。ＯＫ」

レッツゴーなんて言い、ジェシカは瞳の背中を叩く。ジェシカはどうやって行くつもりなのかと不思議に思ったが、自分が走り出せば後を尾けてくるのだろうからと考え、瞳は自転車に跨《また》がってペダルを漕ぎ始めた。

するとジェシカはそれに並んで走り始める。

「…車は何処《どこ》にあるんですか？　セキュリティガードの人とか…」

「帰らせたわ。必要ないもの、私には」

「あの……まさか、走ってついてくるつもり…とか…」

　本気でまさかと思って口にしたのに、ジェシカは笑って頷く。運動不足だからと言うけれど、瞳が行こうとしているスーパーひよどりまではかなり距離がある。

「無理ですよ。俺、海の方のスーパーに行くつもりなんで…。ここからだと自転車でも二十分…三十分近くかかるかも」

「そう」

「いや、そう、じゃなくて」

　ジェシカがまったく気にしていない様子なのが理解できず、瞳は困った気分で彼女を見る。確かに、今日のジェシカはスポーティな格好をしているけれど…。マラソン選手じゃないんだからと呆れる瞳に、ジェシカは明るく「気にせずに行って」と言うのだが…。

「気になります。……じゃ…後ろに乗ってくださいよ」

　仕方ないなと溜め息をつき、瞳は自転車を停めた。隣を併走されるくらいなら、後ろに乗ってもらった方がいい。ジェシカは驚いた顔で「いいの？」と聞く。

「本当に遠いんですって」

　通じてないのかなとジェシカとの会話を不安視しながら、瞳は荷台に座るよう勧めた。ジェシカは喜んで頷き、自転車を跨いで乗って瞳の腹に手を回して摑まる。ごく自然な動きだったが、ジェシカが女性だけにどきりとしてしまった。

「…行きますよ」

戸惑いを隠してジェシカに告げ、瞳は自転車を漕ぎ始める。中学校まで続いている道はなだらかな坂となっており、下っているものだから、ジェシカを来せていても快適に進めた。その間に、日本では自転車の二人乗りは本当は禁止されているので、警察の気配がしたらすぐに降りるよう忠告する。

「瞳は真面目？」

「普通です」

几帳面《きちょうめん》な発言がおかしいというように笑い、聞いてくるジェシカに憮然とした顔で答える。どうしてこんなことになっているのか、頭を悩ませながら仁の言葉を思い出す。ジェシカはポールのように呑気でないと言った。確かに、今思えばポールは押しが弱くて、人がよかった。

「…ポールさんを…ご存知ですか？」

後ろに乗っているジェシカに尋ねると、「もちろん」と返ってくる。今はどこにいるのか、もう戻ってこないのか。いくつか聞きたいことはあったけれど、知ったところでどうしようもないとも言える。

瞳は冷たい空気を吸い込み、「会うことは？」と続けた。

「向こうへ帰れば、あると思う」

「じゃあ…会った時でいいので、俺が『ありがとうございました』と言っていたとお伝えください。最後になると知らず、何気なく別れてしまったので」

「ありがとうございました…って、お礼？」

「うちの弟たち共々、ポールさんにはお世話になりまして…」

渚と薫は物質的な面での恩恵が主だろうが、瞳にとっては自分を心配してくれる大切な存在になりつつあった。仁を連れ戻すというポールの目的はいただけなかったものの、よき隣人として振る舞ってくれていた。

だから、改めて礼を伝えて欲しいと言う瞳に、ジェシカは不思議そうに尋ねる。

「ポールが世話って……どういう意味？」

「いえ…具体的に何かしてもらったというわけじゃないんですが…ポールさんは隣に住んでいたので…行き来があったんです」

外国人であるジェシカにはニュアンスが伝わらないかもしれないと思いつつ、曖昧《あいまい》な感じで答える。ジェシカは「ふうん」と相槌を打ち、伝えると約束してくれた。

ジェシカはポールの代わりに来たと聞いている。仁は否定していたが、ポールに代わって隣に住むのかどうか気になり、直接尋ねてみた。

「ジェシカさんは…隣に住むんですか？」

「まさか」

仁の予想通り、ジェシカは即座に笑って否定する。では、隣家は再び無人になるのだなと思いつつ、角を曲がった。バス路線でもある道に出て、その横に並ぶ歩道を南へ向かって走っていく。途中、自宅へ続く道へ入る角を通りすぎると、ジェシカが「もっと向こう？」と聞いてきた。

「はい。海まで出ます。国道沿いの店なんで」

「このあたりは何もないものね。…隠れ場所にはぴったり」

ジェシカがつけ加えた呟きを聞き、瞳はペダルを踏む足にぐっと力をこめた。ジェシカが自分に会いに来たのは、仁に関する話を…仁を連れ戻すための話をするためだろう。厚い雲に覆われた空を見上げ、冷たい空気を吸い込んで再び後ろに話しかける。

「仁を連れ戻しに来たんですよね？」

「ええ」

迷いのない返事を聞いて、「呑気じゃない」という言葉を思い知る。ふうと溜め息をつくと、「仁は…」というジェシカの声が聞こえた。

「なんて言ってた？　私のこと」

「……呑気じゃないと」

「ああ、当たってるわ」

瞳の答えがジェシカにはおかしかったようで、しばらく声をあげて笑っていた。それから「他には?」と聞かれたが、思いつかなくて首を振る。

「別に」

「悪口、言ってなかった?」

そんな覚えはなかったので、もう一度首を振る。そもそも仁はジェシカだけじゃなく、ポールについてもあまり話したがらなかった。知られたくないことに繋がっているせいだ…と考えて、ジェシカから聞くかもしれないと言った仁の顔を思い出す。

真剣な表情は辛そうでもあって、追求しないでいた自分は正解だったと思った。だから、この先も。聞かないでいるのが正解なのだ。

「ま、仁は私なんかに興味ないか」

「…そんなことは…ないと思いますよ」

考え込んでいた瞳は、背後から聞こえたどこか寂しそうな呟きをフォローする。ジェシカは軽い調子で「ありがとう」と言ってから、自分と仁との出会いを話し始めた。

「仁と会ったのは三年くらい前なんだけど、ものすごく無愛想でね。常に不機嫌なのがかえっておかしくて、いつもからかってたの」

「はあ…」

「人間不信みたいな感じで、研究所の中でもポールとしか口をさかなくて…。だから、あの仁に恋人がいたって聞いた時には驚いたわ。ゲイだったっていうのは納得だったんだけど」

「……納得…ですか…」

そうよと明るく返され、瞳は何も言えなくなる。偏見を持たれるよりはいいのだが、あっさり認められるのも、仁との関係を隠している瞳には微妙だ。ジェシカが弟たちに会う可能性は高く、開けっぴろげな性格らしい彼女の口からその事実が漏れるのはまずいと思い、事情を説明した。

「たぶん、調べてると思うんですが、俺には弟が二人いるんです」

「知ってる。渚と薫ね。会いたいと思ってるわ」

「その…弟たちはまだ未成年で…俺と仁の関係は伏せておきたいんです。ですから」

「OK。秘密ね」

ジェシカがすぐに了承してくれたのにはほっとした。駆け引きの材料などに使われたらどうしようという不安もあった。自転車と併走するつもりだったらしいことも合わせて、どうもかなり男前な性格らしい。

しばらく上り坂だった道が下りとなり、海岸線へ向かって自転車は一気に加速する。ジェシカを乗せているせいもあって、かなりのスピードで下っていった。ジェシカは高い声をあげて子供みたいに喜ぶ。

「楽しいわね！　こんなことするの、久しぶり」

嬉しそうな声を聞いたら瞳も気分が高揚して、ひととき、不安を忘れられた。そのままスーパーひよどりまで疾走して自転車置き場の手前でジェシカを降ろす。ジェシカは好奇心いっぱいの顔つきで、自転車を停めた瞳と共にスーパーひよどりの店内へ入った。

「日本のスーパーマーケットに入るのは久しぶり」

「ジェシカさん、日本語うまいですよね。住んでたことが？」

「父の赴任先だったから、子供の頃に」

なるほど…と頷き、瞳は夕飯の材料になりそうなものを吟味する。たまねぎが安かったのでかごに入れ、薫がハンバーグをリクエストしていたのを思い出す。肉売り場へ移動すると、運命的に合い挽き肉が特売していた。

ご褒美というわけじゃないけれど、ハンバーグにしようと決め、挽肉のパックを手にした。特売品といっても、肉だけで一キロ近く買わなくてはいけないので結構な値段になる。贅沢しているつもりはなくても節約には遠いなと考えていた瞳は、隣にジェシカがいるのをすっかり忘れていた。

「肉をどうするの？」

「え…っ…ああ、ハンバーグにしようかと思って」

「すごい。ハンバーグが作れるんだ？」

「……。ジェシカさん、料理は?」

「苦手」

正直に告白するジェシカに悪びれた様子はない。瞳は苦笑を返し、弟たちが育ち盛りなのでなんでも大量に必要だから大変なのだと話した。

「よく食べるんです」

「いいことね」

シンプルな返事は気持ちのいいものでもあって、瞳は笑って頷いた。食費も手間もかかるけれど、元気で食べてくれるのは本当にいいことだ。見落としがちな幸運を改めて見直し、売り場を移動する。

すぐになくなってしまう牛乳や、豆腐、油揚げなども仕入れ、レジへ向かった。会計を済ませたかごを移動させ、買い物袋に食料を詰めながら、何気なく顔を上げた瞳はどきりとする。スーパーひよどりの店舗前には駐車場はあるのだが、そこに激安スーパーには不似合いな黒塗りの高級車が停まっているのが見えた。

一瞬、手を止めた瞳の横に並び立っていたジェシカは、なんでもないことのようにさらりと言った。

「どうしても仁が必要なの」

「……」

ジェシカの用はわかっていたが、構えていなかったから、反応できなかった。固まったままでいる瞳に、ジェシカはガラスの向こうを見て続ける。

「その仁にあなたが必要なら、あなたも一緒に来てもらうしかないと思ってる」

「…俺は…」

「悪いけど、あなたの都合を構える余裕はないの。仁と話し合ってくれる？　荒っぽい真似《まね》はできることなら、したくない」

それまで気持ちよく会話してきたジェシカが脅すような台詞を吐くのが意外で、瞳は微《かす》かに眉をひそめて隣を見た。ジェシカは困った表情を浮かべていたが、冗談や口先だけで言ってるのではないのはすぐにわかった。

ジェシカはポールとは違う。彼女は迷わず、「荒っぽい真似」に出るだろう。

「ジェシカさん……」

「クリスマスまで、待つわ」

唇の端を歪《ゆが》め、ジェシカは仕方なさそうな笑みを浮かべる。それが最大限の譲歩なのだろうが、クリスマスまでもう二週間もない。短すぎるし、それに瞳にはどちらもありえない選択肢だった。

仁を失うのも、一緒にアメリカへ行くのも。どちらも無理だ。けれど、現実はもっと厳しいのだと本能で感じ、何も言えないでいる瞳に代わって、ジェシカは買い物袋に残っていた食料品を詰め始める。

「…これでいい?」

「……。…あ……すみません…」

ぼんやりしていた瞳はジェシカが手渡してくれた買い物袋を受け取り、頭を下げて詫びた。空になったかごを置き場へ戻し、困惑したまま外へ出る。スーパーの店内も暖かいとは言いがたかったが、屋外はそれ以上で、空気の冷たさが肌に刺さるように感じられた。

瞳は一つ息を吐いて、共に外へ出たジェシカを見た。時間をもらってもジェシカの望む答えは出せっこない。それだけは伝えておこうと思い、口を開きかけた瞳に、ジェシカは静かな口調で話しかける。

「仁はあなたが考えてるような人間じゃないわ」

「……」

ジェシカが続けようとしている先が、自分が聞いてはいけない内容だという予感はあった。だから、話さないように求めるか、聞かずに逃げ出すかしなくてはいけなかったのに、瞳は動けなかった。

心のどこかで…知りたいと、思っていたのだ。

「あなたみたいに…普通の生活を穏やかに送れる人間に、仁は憧《あこが》れて…それで好きになったのかもしれないけど、住む世界が違いすぎる。…あなたは仁が何をしていたのか……何をしているのか、知ってる?」

「………」

ますます表情を硬くする瞳を見て、ジェシカは苦笑いを浮かべた。小さく息を吐き、腕組みをして「やっぱりね」と呟く。

「ポールはいつもジョーカーを切りたがらないのよ。詰めが甘いの」

「…ジョーカーって…」

「仁は軍が関係する研究所であるシステムを確立させた。人間は微弱な電気信号を発しているんだけど、それを個人レベルで数値化して、世界中のどこにいても把握できるっていうシステム。長年、研究が続けられてたんだけど、実用化は不可能だろうって言われてたのを仁が成功させたの。そのシステムのお陰で、テロリストも犯罪者もどこに隠れたって探し出せるようになった。…わかる?」

ジェシカが話す内容を本当の意味でわかっているかどうか、瞳自身、判別がつかなかった。ただ、住む世界が違いすぎると言ったジェシカの言葉が頭にこびりついて離れないように感じていた。

薄々、感づいていながら真実を見ようとしなかったのは、仁との間に埋められない溝があると、わかっていたからだ。改めてそんなことを考えながら、瞳はジェシカを眇《すが》めた目で見返す。

「…でも…それはおじさんが…」

「そう。仁がプロジェクトに参加することになったのは、ＣＩＡのエージェントだった父親がへまをして息子を売り飛ばしたからよ。でも、それ以前から仁はＣＩＡの関係機関でいろいろな仕事をしていた。当時から軍としても仁を取り込めないか、機会を窺っていたんだけど…って、こんな話はどうでもいいわね」

もう十分にわかっただろうと言いたげな目で見るジェシカを、瞳は無言で見つめる。嘘《うそ》みたいな話だが、作り話じゃないと確信している自分自身がせつなかった。

ジェシカの口から出た内容はおぼろげに予想していた範囲内のものだった。仁が話したがらなかった理由もよくわかった。ジェシカは望む答えが得られなければ、どんな手段を使ってても仁を連れ去るだろうということも。

「仁と一緒に来られないのなら、あなたが彼を説得して。それが一番穏便に済む方法よ」

「……俺は…」

どうすることもできないと告げようとした時、ぴぴぴと電子音が鳴り始めた。ポケットからスマートフォンを取り出したジェシカは、指先で音を止めると、瞳を見て「行くわ」と告げる。

「ジェシカさん…」

「これが私の仕事なの。悪いわね」

さばさばとした物言いで断り、ジェシカは颯爽《さっそう》とした歩き方で駐車場へ向かう。彼女を待っていた車からはセキュリティガードの男が降り、後部座席のドアを開けた。ジェシカはそれに乗り込み去っていく。

車が駐車場から消えても、瞳はしばらくその場を動けなかった。

ジェシカはポールのように呑気じゃない…つまり、ポールは呑気だと意味していた仁の言葉が身に染みるように感じられた。そういう意識はなかったが、ポールは仁や自分の意志を尊重し、時間をかけて説得に当たってくれていたのだ。

ポールのありがたみを今さらながらに痛感しつつ、瞳は買い物袋を載せた自転車に乗り、スーパーひよどりを後にした。行きはジェシカを乗せていたから、下り以外は漕ぐのに結構な力を要したが、一人だからペダルは軽い。逆に気分は重くて、子供のようにはしゃぐジェシカと坂を下ったのが夢だったみたいに思えた。

仁と話し合わなければいけない。自分にはどうしたらいいか思いつかないが、仁ならば何か方法があるかもしれない。考えるほどに憂鬱度が増すように感じられたが、放棄するわけにはいかない問題だ。瞳はしかめっ面で自転車を漕ぎ、家に戻った。

ガレージに自転車を入れ、買い物袋を手に玄関のドアを開ける。ただいまと声をかけたが、いつもなら待ち構えたように「お帰りなさい」とどこからか聞こえてくる仁の返事はなく、まだパソコンに向かったままなのだろうと推測できた。

ふうと息を吐き、重みのある袋を手に階段を上がる。案の定、仁は出かける時と同じ体勢でいて、瞳が帰宅したのにも気づいていなかった。瞳はキッチンのカウンターに買い物袋を載せて、仁の側へ近づく。

出かけに置いていったおにぎりも食べてないのではと疑ったが、皿は空になっていた。ぱちぱちとキーボードを叩き続けている仁の背中を、少し離れた位置からしばらく見つめていた。軍が関係する研究所で…と説明したジェシカの声が甦る。今、仁がしている作業もジェシカが言ったシステムに関係しているものなのだろうか。

誰がどこにいてもわかるシステム。夏に現れた仁の父親…エドワードが何を求めて接触したがっていたのかも、これで納得がいく。問題を起こしたエドワードは誰かから逃げている様子だった。彼を追うことができないよう、仁はなんらかの細工をしたに違いない。

「……」

集中している仁は声をかけない限り、気づきそうになかった。瞳は息を吐き、仁の背後にあるソファに腰掛け、彼の背中に覆い被《かぶ》さるようにして抱きついた。

「っ…⁉　瞳⁉」

「…いい加減にしないと…怒るぞ」

仁の肩に顎《あご》を寄せ、背後から回した両腕で抱き締める。瞳の方が小柄だから包み込むというには不十分だったけれど、気持ち的には抱擁しているつもりだった。けれど、同時に不安を抱えた瞳には仁に対しての甘えがあって、それが身体越しに伝わってしまう。

肩から回している手を仁が握る。ずっと座りっぱなしのせいか、指先がとても冷たくて息を呑んでしまうほどだった。

「…ジェシカに会ったんですか？」

静かに聞かれてもどきりとする内容だったが、いずれ話さなくてはいけないことだから「ああ」と低い声で相槌を打った。続けて何も言わない仁に、瞳は驚いたと話す。

「薫の学校に行って…帰りにひよどりに行こうと思ってたんだ。そしたらジェシカさんが待ってて…スーパーまで着いてくるって言って…俺、自転車なのに、走って着いてこようとしたんだぞ。すごく遠いですよって言っても、全然平気そうで」

「でしょうね。ジェシカは軍人ですから」

苦もなくこなすだろうと仁が言うのを聞き、なるほどと納得すると共に、だから…という思いが生まれる。仁がいたのは軍に関係する研究所だと、ジェシカは言った。

「従軍経験も豊富なエリートです。走ろうと思えば、百キロくらい、いけると思いますよ」

「すごいな。世界が違う…」

思わず漏れた呟きは皮肉にもジェシカに言われたのと同義語だった。ジェシカと同じく、今こうして抱き締めている仁も、自分とは違う世界の人間だなんて。信じられないし、信じたくもない。

いや、それが現実だったとしても、自分たちには問題ではないと思いたい。仁の肩に載せた頭を傾け、ジェシカから提案された選択肢について話し合うために、瞳は「なあ」と呼びかける。

「……………」

けれど、その先が続けられなかった。ただ仁を失いたくないという思いが先に溢《あふ》れ出し、しがみつくみたいにぎゅっと腕に力をこめる。何も言えない悔しさに似た思いをぶつけていた瞳は、しばらくして非常に遠慮がちな仁の声を聞いてはっとした。

「……あ、の……瞳……」

「……え?」

「ちょっと……く…るしいのですが…」

いつの間にか仁の首を絞めるような体勢になってしまっていたのに瞳は気づいておらず、控えめな訴えにはっとして身体を離した。ずっと我慢していたのだろう。げほげほと咳《せ》き込《こ》む仁に、八つ当たりみたいに「早く言えよ!」と文句を言う。

「す、すみません…。瞳から抱きついてくれるなんて…滅多にないことですから…。つい、嬉しくて…」

「バカ」

むっとして膨れっ面になる瞳を振り返った仁は言葉通りに嬉しそうな笑みを浮かべていた。自分がこんなに心配しているのに呑気だなあと内心で思っていた瞳は笑えなくて、眉をひそめたまま仁を睨《にら》むように見る。

仁は身体の向きを変え、膝立《ひざだ》ちになってソファに座っている瞳を抱き締めた。長い腕の中に瞳を愛《いと》おしげに収め、その存在を大切そうに確かめてから、顔を上げてキスをした。

「……………」

安心を与えてくれるような口づけは敬虔《けいけん》な匂《にお》いがした。仁が離れていくと、瞳は閉じていた目を開ける。至近距離から見つめている仁は笑みを浮かべたまま、「大丈夫です」と力強く告げた。

「瞳は心配しなくてもいいですから」

「…仁…」

「俺は瞳の側にずっといます」

仁の声が耳元で言い切ってくれるのに安堵して、瞳は背中に回した手に力をこめた。「うん」と頷き、広い胸の中で息を吐く。仁を信じて…これからもずっと一緒にいられると信じさせて欲しいと願って、胸の奥へ不安を押し込めた。

抱擁を解いた仁は「ですから」と続けた。

「しばらく…この状況を許してくれませんか?」

何が「ですから」なのかはわからなかったが、仁なりの考えがあってパソコンを弄り続けているのだろうと思い、瞳は頷いた。ただ、譲れないところもある。

「飯は食えよ。あと、風呂も入れ」

「わかりました」

「まだ…長くかかるのか?」

「今日じゅうに終わらせたかったのですが…おそらく、明日までくらいは」

何をしているのかもわからないのだから、意見も言えない。瞳は「わかった」と繰り返し、一つ息を吐いてソファから立ち上がる。

「今夜はハンバーグにした。薫のリクエストでさ」

「それは渚も喜びますよ。学校はどうでしたか?」

「問題なし…って、俺としては不服なところもあるんだけどな」

肩を竦めて答え、瞳はキッチンへ戻った。そのままにしてあった買い物袋の中身を片づけ、夕飯の段取りを済ませてから、洗濯物を見にテラスへ出る。仁はまた集中してしまい、横を通り過ぎても反応しない。六年前、仁が穂波家に出入りしていた時も、パソコンを自在に操れる仁のことを亡くなった父親が褒めていた。

おそらく、仁は飛び級で大学を卒業した後、ずっと同じような仕事をしていたのだろう。

「…CIAって…なあ…」

干してある洗濯物が乾いているかどうか確かめながら、つい独り言を呟いていた。ジェシカは仁が何をしていたのか教えてくれると同時に、謎だと思っていた彼の父親…エドワードの正体も教えてくれた。怪しい人だと最初から感じていたけれど、CIAなんて組織名を聞いたらなるほどと納得できた。

エドワードが仁を「売り飛ばした」というのも、六年間、戻ってこられなかった理由なのだろう。仁が約束させられた仕事というのは誰もなしえなかったシステムの構築を成功させること。いろんなことがわかって、靄《もや》のかかっていた景色が絵がはっきり見えてくるようだと思う。

乾いているものだけ先に取り込み、乾きの悪いものはハンガーごと運んで窓辺に置いた物干しに引っかけた。亡くなった母親なら乾燥機を使うだろうが、一階まで運ぶのはめんどくさい。それに明日、晴れたらまた干せるという利点がある。

無言でパソコンを弄っている仁の横で洗濯物を畳み終えると、瞳はそれぞれをしまって、ダイニングで勉強を始めた。夕方になると時間を見て、キッチンに立つ。渚と薫が帰ってきた時にすぐに用意できるよう、準備をしなくてはいけない。

メインはハンバーグと決まっているから、献立に悩まずとも済む。ハンバーグにはポテトサラダをつけ合わせるのが穂波家の定番である。たまねぎをみじん切りしながら、じゃがいもを丸ごと、水から火にかけていく。時間をかけて皮つきで茹《ゆ》で上げるじゃがいもはほくほくだ。

一番大きな…一抱えもありそうなボウルにみじん切りした三個分のたまねぎを入れ、買ってきた挽肉も入れる。つなぎとして食パンを細かくちぎったものに卵を加え、塩こしょうなどで味つけしてから混ぜていく。かなりの量だからこねるのも力仕事で、汗が浮かんでくるほどだった。

「…よし。こんなもんだろ。半分は焼いて…煮込みハンバーグにするかな」

ガスオーブンを予熱しながら、成形したハンバーグを鉄板に並べた。食べる量が多いので一度に用意できる数には限りがある。先に焼いたものを煮込みハンバーグにしておいて、残りは普通に焼いて出すことにした。

温度の上がったオーブンでハンバーグを焼く間に茹でたじゃがいもをつぶして、ハムやきゅうりと混ぜてポテトサラダを作った。味噌汁は大根とわかめにして、米を洗い、炊飯器にセットする。

おおよその作業を終えると一階へ下りて風呂を洗った。誰もいない階下はすでに暗く、冷え込んでいる。さっさと済ませて湯を溜めるように準備してから二階へ戻る。仁はパソコン

に向かったままだし、

……渚たちが帰ってくるまでの間、ずっと勉強していようと思って座ったが、間もなくして「ただいま～」という声が階下から聞こえてきた。

ダイニングテーブルに広げた勉強道具を片づけて立ち上がる。キッチンで夕飯の支度を始めると、服を着替えた渚が上がってきた。

「ただいま、兄ちゃん。…仁くん、朝からあのまま？」

ソファの方を覗いて、驚くというよりも心配げな顔で聞いてくる渚に、瞳は苦笑して首を振った。

「風呂にも入らせたし、飯も食わせた」

「でも…ずっとパソコン弄ってるんだろ？　大丈夫なの？」

「あいつも大人だし、わかってるんじゃないか。疲れたらまた沈没するんだろ。それより、ハンバーグなんだ。ちょっと焼く時間をくれ」

「ハンバーグ！　どうしたの？　誕生日でもないのに」

薫からご褒美に…と要求されたからと答えると、渚は眉をひそめて舌打ちする。

「ご褒美～？　そんなものがもらえるほどのこと、した？　あいつ」

「先生はべた褒めだったぞ」

「今の担任、女だろ。女受け、いいんだよ。なんか解せないなあ」

「じゃ、食わないのか？　ハンバーグ」

首を傾げていた渚は瞳の言葉に驚愕《きょうがく》し、派手に首を振った。まさか！　食うに決まってるじゃん！　と慌てて主張する渚を笑っていると、下から薫の声が聞こえてくる。

「ご褒美ってのはともかく、ハンバーグになったのはあいつのお陰だ」

「ありがたく拝ませていただきます」

殊勝な態度の渚に支度を手伝うように言って、温めていたガスオーブンにハンバーグを入れる。家中に漂う肉の焼ける匂いは弟たちを虜《とりこ》にし、いつもよりもうんと従順な二人を見ていたら、財力さえあったら毎日ハンバーグでもいいなと思えてきた。


冬の夜、山間に建つ穂波家は暖房をつけていてもしんしんと冷え込む。その日は昼前から雲が厚くなり、気温が下がり始めたのもあって、普段よりも余計に寒さを感じた。

仁が座っているところにはホットカーペットを敷いてあるけれど、窓に近いこともあって冷気を感じる。風呂を出た瞳は、牛乳を温めて仁のもとへ運んだ。

「寒くないか？」

邪魔をしないよう、離れた場所にマグカップを置いて、テーブルの横に座る。瞳の問いかけにはっとした顔を上げた仁は、首を横に振って「いいえ」と答えた。それでも、仁の指先が冷たくなっているのに気づいていたから、集中しすぎて気づいてないだけなのだろうと思って、マグカップのミルクを勧めた。

「温めてきたから、飲めよ」

「ありがとうございます」

夕飯の時は作業を中断させたが、仁は食べ終えるとすぐにパソコンの前に戻ってしまった。食べている間も心ここにあらずといった感じで、瞳も渚も薫も、戸惑いながらも敢えて何も言わなかった。

瞳に勧められたマグカップに手を伸ばした仁は、器に触れた途端、びくっとして手を引っ込める。火傷《やけど》するような熱さではないのに、指先が冷たくなりすぎていて敏感になっていたらしい。

「そんなに熱くしてないんだ。お前の手が冷たすぎるんだよ」

「だと思います…」

慎重に取っ手を持ち、マグカップを引き寄せた仁は、両手で包み込むようにして持つ。それだけで「温かい」と呟く彼を、瞳は苦笑して見る。

「手袋とかしたらどうだ？」

「それは…打ちにくそうですよ」

「指先だけ抜けてるやつあるじゃないか。ああいうのだったら…。…あ、でも、指先が冷たいのは同じか」

気を遣おうとする瞳に仁は微笑《ほほえ》み、「大丈夫です」と伝える。マグカップのミルクに口をつけると、美味しそうに飲んでから「甘いですね」と言って何か入れたのかと聞いた。

「はちみつ。美味しいだろ？」

「ええ。瞳はこれが好きなんですか？」

「好きっていうか…小さい頃、冬の夜に母さんがよく作ってくれたんだ」

仁が穂波家にやってきた時には、瞳はもう高校三年生だったからなんでも自分でできて、母親に飲み物を作ってもらうこともなくなっていた。夢中になっている仁に何か作ってやりたいと考えて思い出したのが、はちみつ入りのホットミルクだった。

「…とても美味しいです。これは…どうやって作るんですか？」

「どうやってって…牛乳をレンジでチンして、はちみつ入れるだけだけど？」

「そんなに簡単に？」

信じられないというように見る仁に、瞳は苦笑して頷く。お前でもできるよ…という瞳の言葉に、仁は大真面目な顔で頷いた。

「今度、瞳にも作ってあげます」

「楽しみにしてる」

「瞳……ごめんなさい…。瞳が受験で大変な時に…こんなに気を遣わせてしまって…。本当は俺が瞳を助けなきゃいけないのに…」

申し訳なさそうに詫びる仁を笑ったまま見つめ、「いいんだ」と小さな声で呟く。仁がパソコンに向かいっぱなしなのは、今の時間を壊さないためなのだとわかっていた。一緒にいられるための苦労なら、自分だって買ってでもしたい。

けれど、もし…仁でさえもどうにもできなかったら…。悪い想像というのは追いやろうとしても後から後から追いかけるようにして出てくる。ネガティブになっている自分にうんざりしつつ、瞳の頭に浮かんでいたのは、自分にできる唯一のことだった。仁のために…一緒にいるためにできる、唯一のこと…。

「早く終わらせないと…畑が気がかりです。今日は一日、見られませんでした…」

真っ暗な窓の外を見ながら側で考え込んでいた瞳は、残念そうな呟きを聞き、はっとして仁を見る。カップを手にしたまま、同じく窓の方を見ている仁は、庭の畑に思いを馳《は》せているようだ。

「…夕方に小松菜を抜いてきた。そんな一日くらいじゃ、変わってなかったぞ。平気だって」

「そうですね。夏じゃないのが救いです」

頻繁に水やりが必要な夏であれば、一日さぼっただけでしおれてしまうだろう。それでも明日は畑の世話に戻るのだと鼻息を荒く吐き、仁はミルクを飲み干した。

「ごちそうさまでした」

「ああ。…俺も向こうでいつもの時間まで勉強するから」

はい…と頷き、仁は再びキーボードを叩き始める。空になったマグカップを手に立ち上がった瞳はキッチンの方へ歩きかけて、立ち止まり、仁を振り返った。ソファの向こうで背を丸めて必死でパソコンに向かっている姿を見つめ、一瞬浮かんだ考えを改めて心に刻む。自分にできることは…一つしかないけれど…。


翌週、瞳のもとへ届いた模試の結果は上々で、志望校として考え始めている三慶医大に関しては十分な合格圏内に入っていた。他に考えている国立大にも手が届く結果にほっとしたものの、仁のことが気がかりで喜べはしなかった。

ジェシカが現れた日からパソコンを弄り始め、没頭していた仁は数日後にいつもの状態に戻った。その後、ジェシカは現れなかったが、彼女が期限としたクリスマスは刻々と近づいていた。

「なんか、十二月って時間経つの、早くない？　今週でもう学校終わりか」

「いやいや。俺はもっと早くていいよ。早く冬休みにならないかな〜」

朝食の席でカレンダーを見ながら首を傾げる渚に、薫は早く朝寝ができるようになりたいと言う。冬休みに入ったところで、部活があるから同じだろうと瞳が指摘するのに、箸を振り上げて違うと否定した。

「部活の朝練あったって、こんなに早く起きなくてもいいじゃん。まだ明るくなってないのに起きなきゃいけないってどうなのって思うよ？」

「お前は好きでやってるんだろう」

学校まで距離がある上に、授業前にも補習がある渚とは違い、薫が早く出ていくのは部活のためだ。寒いだの、暗いだの、文句は言うなと叱る瞳に、薫は「そうなんだけどさ〜」と不満げに呟く。

「それに一番大変なのは瞳なんですよ。渚や薫が起きてくる前に、朝ご飯やお弁当を作るために早起きしてるんですから」

「うん。それはわかってる。ありがとう、兄ちゃん」

仁に窘められた薫は瞳に礼を言い、どんぶりサイズの茶碗《ちゃわん》に残っていたご飯をかき込んだ。

確かに冬の朝は七時過ぎでも太陽の光が届いてなくて、薄暗い。特に今は冬至前で、一番日の短い頃だ。薫が愚痴をこぼすのもわからないではないと思い、瞳は味噌汁を飲んでからつけ加える。

「冬至が過ぎたら少しは日も長くなるだろ」

「冬至ってかぼちゃ食べる日だよね？　いつだっけ」

「今年は二十一日のようですね」

「週末かあ。ていうか、もうクリスマスじゃん」

学校も終わるし、クリスマスも来る。その次はお正月だ。浮かれる弟たちに早く朝食を食べるよう注意し、時間を見て出かけなくていいのかと急《せ》かす。本当は二人ともぎりぎりに起きてきているから、無駄話をしている余裕はない身の上だ。改めて時間を見て、慌て始めた渚と薫は、一騒動を起こして出かけていった。

「まったく、あいつらはいつになったら時間の配分とか、考えられるようになるんだろうな」

「飛び出ていかないと、気が済まないのかもしれませんね」

懲りない二人に呆れ果て、瞳は仁と共に朝食の後片づけを始める。食器をシンクへ運び終えると、後は自分がやると仁が言った。

「瞳は勉強してください。受験生なんですから」

「じゃ、洗濯物を…」

「俺が全部やります」

パソコンに向かいっぱなしだった数日間を後悔しているようで、仁は前にも増して家事に精を出すようになり、瞳は料理以外をさせてもらえなくなっている。本当は料理も代わってやりたいのだろうが、いかんせん、仁に任せたらとんでもないことになる。

その分、洗い物に洗濯に掃除にと、仁は朝からフル活動だ。センター試験まで一ヶ月を切っている瞳にはありがたくもあって、仁に甘えて受験勉強に勤《いそ》しんでいた。

それにセンター試験の前には私大の出願という難問も控えている。でも、それもすべてクリスマスを過ぎてもこの生活が続いていたらの話だ。勉強をしつつも、いろいろ考えてしまうのを止められず、つい溜め息をついてしまっていた。

「コーヒーでも入れましょうか？」

「…！」

ふいに聞こえた声に驚き、顔を上げると洗濯物を入れたかごを手に、仁が立っていた。足音にも気づいてなくて、瞳は目を丸くしたまま首を横に振る。

「いや…、いい」

溜め息を聞いた仁は勉強に行き詰まっていると思ったのだろう。家事の手を止めさせるようなことではなく、遠慮する。仁は「では、後で」と言い残し、洗濯物を干すためにベランダへ向かった。

窓ガラスの向こうで洗濯物を干し始める仁を見て、瞳はシャープペンシルを置いて立ち上がる。考えを切り替えたくて気分転換しようと思った。ベランダへ出ると冷気が身に染みたけれど、心地よく感じられて、庭に面した手すりに凭《もた》れかかって空を仰ぎ見る。

「寒いけど、いい天気だなあ」

「クリスマスに向けて崩れるようなことを天気予報で言ってましたから、今日のうちにシーツを洗ってしまおうと思ってます」

「外してこようか?」

「瞳は勉強を」

洗濯物の向こうから顔を覗かせ、真面目な表情で言う仁に肩を竦める。空には爽快な水色が広がっていて、遠くで飛んでいるとんびの黒い影がほくろみたいに見えた。あれからジェシカが現れていないせいもあって、話は進んでいない。クリスマスまでに答えを出すよう求められているのも話してなくて、仁に言わなくてはと思っているけれど、迷いがあって言えないでいた。

けれど、そろそろタイムリミットだ。クリスマスまで一週間を切っている。ふう…と息を吐き、仁を振り返ろうとした瞳は突然、後ろから抱き締められて息を呑んだ。

「……なんだよ?」

本当は嬉しかったけれど、つい、口調がぶっきらぼうなものになる。手すりにかけた手を包んでくる仁の掌は、洗濯物に触れていたせいもあるのか、ひんやりとしていた。

「…瞳。ジェシカを気にしてるんですか?」

「……」

心を読まれたみたいに感じて、身体が緊張する。いつか…それも早いうちに話さなくてはいけないのだからと自分に言い聞かせ、瞳は重い口を開いた。

「…クリスマスまでに…答えを出すよう、ジェシカさんに言われたんだ」

「答え？」

「お前と一緒にアメリカへ行くか…お前にアメリカへ行くよう説得するか…。穏便に解決したいならどちらかを選べって」

瞳が低い声で言う内容を聞いた仁は、無言でいたが、少しして小さな息を吐いた。瞳を抱き締めた両腕に力をこめ、耳元で「ごめんなさい」と詫びる。

「瞳に余計な心配をかけて…。瞳は心配しなくていいですから…」

「お前が…どう対処しようとしているのかは知らないが……ジェシカさんはポールさんとは違う。本気でお前を攫《さら》っていくと思うんだ」

「そんな真似はさせません」

仁が言い切るのを聞いて、単純にほっとできればよかったのだが、心からは安堵《あんど》できなかった。ジェシカは仁の意志など構わず、迷いなく、自分の任務を遂行するに違いない。仁にはあらがえない方法で。何も言えずにいると、仁が「瞳が…」と問いかけてきた。

「気にしているのは…そのことだけですか？」

「……」

他にも心当たりがある口ぶりに聞こえ、瞳は微かに眉をひそめた。仁の腕の中で身体を回転させ、彼と正面から向き合う。見上げた顔には戸惑いがあって、「どういう意味だ？」と瞳は尋ね返した。

「……ジェシカに……俺が何をしていたのか、具体的に聞かされたのでは…？」

「……」

窺うような物言いには不安が感じられて、どう答えるべきか迷った。仁の言う通り、ジェシカは仁が何をしていたのか…おそらく、現在形でも…、話してくれた。軍に関係する研究所で、誰がどこにいてもわかるシステムの開発に成功した…という話は、瞳にはあまりにも縁遠い話で、真実味はちっとも感じられなかった。

仁はそのことを言ってるのだろうか。怪訝に思いながら瞳は頷いて、ジェシカから聞いた話を伝える。

「軍の…研究所で、居場所を捜せるシステムを作ったって…電気信号がどうとか、誰にも成功させられなかったとか…言ってたけど、俺にはよくわからなかったから…」

仁がどういう人間であるのか、自分が一番よく知っている。そういう確固たる自信があったから何を聞いても揺らがないと思っていた。ジェシカの話を聞いても、自分には遠い話だと片づけて深く考えようとしなかったのは、自信とは裏腹な不安も抱えていたからかもしれない。仁の表情を見ているうちに、そんな考えが浮かんでくる。

仁が何をしていたのか言いたがらなかったのは、なぜなのか。その理由が本当は怖かったんじゃないか？

「仁……」

瞳を見つめたまま、仁は何か考え込んでいる様子だった。呼びかけた声には動揺が混じっていて、瞳は冷たくなっている指先を握り締める。この場を逃げ出した方がいい。仁が話そうとしている何かを聞かない方がいい。本能がそう教えていたけれど、同時に、今聞かなくてもいずれ耳にするともわかっていて、動けなかった。

長く息を吐き、視線を俯かせた仁の顔は哀《かな》しそうなものだった。瞳に視線を戻すと、静かに話し始める。

「…俺は…父親の仕事の関係で、瞳に会う以前はＣＩＡ…って聞いたことありますよね？アメリカの諜報機関です。それに関係する組織で仕事をしていました。特殊なシステム開発に携わっていて、国家機密情報でもあるので瞳にも話せなかったんです。それに…本当のことを言っても、瞳は信じてくれなかったでしょう」

今でも信じ難い気分であるのは変わりないので、瞳はゆっくり頷いた。仁は微かに笑みを浮かべ、先を続ける。

「瞳の側を離れなければいけなくなったのは…瞳にも話した通り、あの人が自分の失敗を挽回するために俺を別の組織に売ったからだったんです。俺が知らないうちに、軍に所属する研究施設で、瞳がジェシカから聞いたシステムを開発するプロジェクトに参加することになっていました。俺が知ったのはあの人が契約を結んだ後で、どうにもできない状況になっていたんです。俺が下手に動けば…瞳たちにも迷惑がかかるのはわかっていて…、自由になるためにはシステムを成功させるしかありませんでした。なので、必死でやって…六年もかかってしまいましたが、なんとか瞳のもとへ戻ってくることができました。……六年もの間、何をしていたのか、瞳に聞かれても説明できなかったのは…以前の仕事と同じく機密情報であるからというだけでなく…他にも理由があったんです」

一気にそこまで話した後、仁は息を止めて顔を上に向けた。自分を励ましているみたいな仕草に見え、瞳は顔が強《こわ》ばっていくのを感じていた。仁が言う「他の理由」とは…。

「…俺が稼働させたシステムは個人の所在地を特定できます。世界じゅうのどこにいても、その個人に関する一定の情報があれば捜し出せるんです。…テロリストなどの所在確認も容易になり…たとえば、内乱の起きている国で首謀者となっている人間を捜すのもすぐにできます。先日、アフリカの某国で独裁政権を敷いていた大統領が暗殺されたというニュースを覚えていますか？」

急に話が飛んだように感じられ、瞳は戸惑ったが、ニュースで聞いた記憶があったので頷いた。哀しげな表情で瞳を見つめたまま、仁は静かに告げる。

「表沙汰《おもてざた》にはなっていませんが、あれには軍が関与していて、システムが使われています。つまり、相手が犯罪者であれ、テロリストであれ、結果的には対象を殺すためのシステムなんです」

辛そうな言葉を聞いて、仁がどうして話したがらなかったのか、本当の意味でわかった気がした。そして、自分が深く考えるのを恐れていた理由も。瞳は何も言えず、震えている指先を隠すように、握った拳《こぶし》に力を込める。

ジェシカの言った「住む世界が違いすぎる」という言葉の意味も、改めて理解できた。目の前にいる…この家で暮らしている仁は優しくて穏やかで…ちょっと間が抜けていて、おおよそ物騒なことにはほど遠い。どちらが本当の仁なのか。目の前の仁を強く信じているつもりなのに、心のどこかが揺らぐ気がして、瞳は手を伸ばした。

「……っ…」

乱暴に抱きついて、仁を強く抱き締める。自分の信じている仁はここにいる。言い聞かせるみたいに心の中で繰り返して、背中に回した手で仁のシャツを握り締めた。

「……瞳……」

「……」

俺はお前が何をしていても…どんなひどいことをしたとしても、構わない。お前を信じてるから。側にいてくれたら、それだけでいいんだから。

そんな言葉を伝えたかったのに、声が出なかった。代わりに子供みたいにしがみつく瞳の背に、仁は手を回す。背中に感じた仁の手がじんわりとした温かさをくれるように感じられて、涙がこぼれそうだった。

言いたいことも、言わなきゃいけないこともたくさんあったけれど、瞳はどれも言葉にできなかった。だから、重い告白を聞いた後も何事もなかったみたいに普通にしてしまって、仁もそれに合わせていつもの顔に戻っていた。

「瞳。柚子をたくさんもらいましたから、今夜は柚子湯にします」

嬉しそうな声が聞こえ、瞳は勉強の手を止めて振り返る。キッチンの前に立つ仁が掲げるレジ袋には黄色い影が見えた。

「誰にもらったんだ？」

「山内《やまうち》さんが持ってきてくれたんです。ほら、向こうの集落で畑をやっていて…俺が畑仕事を教えてもらっているおじいさんです」

仁は畑を始めてから、近隣で農業を営んでいる住人のところへ顔を出し、教えを得ている。今では瞳よりも仁の方が地域に溶け込んでいて、年上の友人も大勢いるのだ。その一人がお裾《すそ》分《わ》けを届けてくれたと聞き、瞳は立ち上がって覗きに行った。

「山内さんは果樹栽培もやっていて、いろいろ植えてるんです。ほら、秋には柿をもらいましたし、今度、みかんをくれるそうです」

「ありがたいな。…立派な柚子だな。柚子って買うと高いんだぞ」

だから、うちでは柚子湯なんてありえなかった…と言う瞳に、仁は困った顔になる。

「お風呂に入れちゃいけませんか？　今日は冬至で、柚子湯に入ってかぼちゃを食べると風邪をひかないんですよ？」

「お前って…変なところで流されるタイプだよな。節分には恵方巻きを食べるとか言い出しそうだ」

「恵方巻きってなんでしたっけ？」

瞳が何気なく口にした言葉に、仁はきらりと目を光らせて意味を尋ねる。説明したら本気でやりかねないので、正月を過ぎたらわかるだろ…とあしらった。

「どういう意味ですか？」

「ケーキと一緒でそこら中で宣伝し始めるからさ。今はなんでも商売になるからな。あ、風呂に入れるのは構わないけど、渚と薫に柚子には触るなと言っておけよ」

瞳がつけ加えた注意の意味が仁にはわからなかった。不思議そうな顔で意味を聞く仁に、瞳は弟たちがやりかねないことを予想してみせる。

「あいつらのことだ。香りを楽しむだけじゃ飽き足らなくて、柚子を搾り始めるに違いない」

両親が生きていた頃、まだ小さかった渚と薫が風呂の中で柚子の皮を剝いて中身を取り出し、大変な騒ぎになった覚えがある。あの頃と頭の中身は変わってないからと言い切る瞳に、仁は神妙な表情で頷いた。

「なんとなく…わかります。渚と薫は時々、突拍子もないことをしますよね」

時々ならいいんだが…とシニカルに呟き、瞳は冷蔵庫へ向かう。仁が代わって買い物にも行ってくれていたので、頼んだ食材を確認し、ついでに夕食の献立を考えた。

「…じゃ、豚のしょうが焼きがメインで……あとは、かぼちゃの煮つけに、ほうれんそうのごま和えと…。あいつら、明日は昼までで帰ってくるって言ってたから、弁当は要らないんだよな」

「明日で学校も終わりなんですね」

もう終業式で、明明後日《しあさって》にはクリスマスイブが控えている。クリスマスのことを考えると、自然に溜め息が漏れそうで、「そうだな」と相槌を打つだけにして、瞳は勉強道具を広げているローテーブルへ戻った。

一緒に行くか、仁を見送るか。考えるほどにどちらも選びようがなくて、仁と具体的に話し合えていなかった。でも、ジェシカが本気で仁を連れ去ろうとするならば……自分は一緒に行くしかないのではないか。そんな考えが浮かんだけれど、渚や薫を巻き込むことはできないし、未成年の二人を置いていくわけにもいかない。

ならば、仁とまた離れるしかないのか。延々とループする考えは堂々巡りというやつで、答えは出ない。ただ、時間切れを待っているしかなくて、憂鬱な気分が増していくばかりだった。

一年で一番日の短い日が終わり、渚と薫も冬休みに入り、イブを明くる日に控えた祝日。瞳は一人、自転車で近くにあるショッピングモールへ出かけた。渚と薫にはクリスマスプレゼントを辞退されてしまったが、やはり何もないのは寂しいと思い、内緒で買っておこうと決めた。

イブの前日であるのも手伝っているのか、すごい人出で、駐車場から溢れた車が付近の車道を占領している。自転車置き場もいっぱいで、瞳は店に入る前から気圧《けお》されつつも、意を決して建物内へ向かった。

どこの店も多くの買い物客で賑わい、カップルや家族連れが楽しそうに過ごしている。渚と薫には暖かそうなフリースの上着と、仁には手袋を買い求め、瞳は早々にショッピングモールを後にした。天気予報ではクリスマスあたりは寒波が来ると言っていたが、その通りの雲行きで、冷たい雨が降ってこないのを願いつつ、自転車を漕ぐ足に力をこめる。

明日は家族だけでなく、花村も来る予定なので、ちゃんとした…とまでは言えなくても、それなりのごちそうを作らなくてはいけない。薫は唐揚げを作ると張り切っていたから揚げ物は任せたとして、骨つきチキンやサラダ、スープなんかもいるだろうか。花村も渚や薫並によく食うからなあ…と献立に頭を悩ませながら、スーパーひよどりへ向かっていた。

明日の献立も考えなくてはいけないが、今夜も夕飯を用意しなくてはならない。ショッピングモールに併設されている生鮮食料品売り場は価格設定が高めで、穂波家の財布には縁遠い。はしごする形でスーパーひよどりに到着した瞳は、自転車置き場で小さな後悔を抱いた。プレゼントを買う前に来るべきだったか。いや、それだと肉だの野菜だのを持ったまま、プレゼントを買わなくてはいけなかった。

どちらにしても自転車で一度に買い物するというのは限界があるなと反省し、三人へのプレゼントが入った紙袋を手にしたまま、店内へ入った。片手に買い物かごと紙袋を持ち、野菜売り場で物色していると、「すごい荷物ですね」と言う聞き慣れた声が聞こえた。

「…！」

はっとして振り返れば、ポールが笑みを浮かべて立っていた。二度と会えないと思っていただけに、瞳は目を丸くして「ポールさん！」と高い声をあげる。

「ご無沙汰してすみません」

「ご無沙汰っていうか…あの、向こうに帰ったたって…」

ジェシカや仁から聞いた内容を頭の中に思い浮かべながらも、ポールの登場に瞳はほのかな期待を抱いていた。ポールが戻ってきたということは…状況が変わったのではないか。ジェシカと交代して、また前みたいにポールたちが隣で暮らすことになるのではないか。

だとしたら、クリスマスまでに決めろと言われて、悩んでいる問題も解決する。一気にそんな期待を抱いて、ポールを見つめる瞳に、彼は笑みを浮かべたまま瞳が二重に手にしている荷物を持つと言った。

「それでは買い物するのに不便でしょう。私がお持ちします」

「あ、いえ。大丈夫です」

「では、紙袋の方だけでも」

嵩《かさ》のある紙袋を邪魔に感じていたのは事実だったので、瞳は「じゃ」と言って甘えることにした。かごだけを手に、身軽になった身体で買い物を再開する。

「俺、ポールさんにもう会えないかなって思ってたんです。よかった。戻ってきたんですか?」

「戻ってきたというか……。穂波さんのお宅の隣ではもう暮らさないのです。すみません」

明るく聞く瞳に対して、ポールは申し訳なさそうに話し、頭を下げて詫びた。それを聞いて、瞳は一気に希望をなくし、表情を曇らせる。

それから、浅はかな考えを抱いた自分を反省した。そんなに簡単に事態が好転することなど、あるわけがないのに。つい黙ってしまったのを、ポールが心配そうに窺っているのがわかって、瞳は慌てて取り繕う。

「そう…ですよね。なんか、大変なんですよね? 俺はよくわからなくて…気軽なことを言ってすみませんでした」

「……。ジェシカには会われましたか？」

「……」

確認するような問いかけに頷き、無理して浮かべた笑みを消す。ジェシカの同僚だというポールはその性格もよく知っているのだろう。小さな溜め息をつき、「すみません」と謝った。

「私が止められたらよかったのですが…事情が複雑でして……」

「いえ…。ポールさんには…本当によくしてもらっていたんだと…改めてわかりました。…ジェシカさんが悪いというわけでもないと…思っています。…仕事なんですし…」

脅しを受けているのは事実だが、ジェシカ自身は嫌な人間ではないと感じていた。利害関係がなければ、さばさばとした性格の、話していても気持ちのいい相手だ。ポールは薄く笑みを浮かべ、瞳に買い物を済ませるように勧めた。空模様が怪しいのはわかっていた瞳は頷いて、必要な食料をさっさとかごに入れていく。

ポールはレジまでつき添い、瞳が会計を済ませたのを見て、再び話しかけた。

「穂波さん。…穂波さんは…私を信用してくれていますか？」

「……」

食料品をかごから買い物袋に詰め替えていた瞳は、唐突な問いかけを向けてきたポールに驚き、隣に立つ彼を見た。その表情は真面目なもので、軽口とはとても思えない。瞳はしばし迷った末に、頷いた。

本当はポールもジェシカと同じように、瞳にとっては仁を連れていこうとする敵だ。だけど、半年余り隣で暮らし、親しいつき合いを続けてきたポールは、人間として信用できると感じていた。

ただ、改めて確認される理由は…あまりよくないものしか浮かばず、瞳は微かに眉をひそめる。

「…ポールさん…」

「いろいろ考えたのですが…やはり、仁本人が必要なんです。一度、仁を連れ帰らせて欲しいんです」

連れ帰ると聞き、瞳は眉間《みけん》の皺《しわ》を深くした。やはりポールもジェシカと同じなのだと、当たり前のことを今さらながらに痛感する瞳に、ポールは冷静な口調で説明する。

「話を最後まで聞いて、判断してください。仁を連れ帰るのは穂波さんのため…そして、仁のためです。このままでは、ジェシカは無理矢理仁を連れ去るでしょう。そういう脅しを受けてはいませんか?」

「……はい。クリスマスまでに…仁と一緒にアメリカへ行くか、仁だけを送り出すか、どちらかを選べと…。穏便に済ませたいなら俺がどっちかを選ぶしかないと…言われました」

「ジェシカは任務遂行のためならどんな手段でも使います。穂波さんがどちらも選べないと言ったら、迷わず、仁だけを連れていきます」

それは瞳も予想していたので、ポールの言葉が身に染みた。辛そうに顔を歪める瞳にポールは自分の話を続ける。

「実は…私が戻ってきたのは仁に呼ばれたからなのです」

「仁が…ポールさんを？」

「仁にはまだ会っていませんが、その前に穂波さんにお願いをしておこうと思い、先に会わせていただきました。…実は…仁は研究所と縁を切るためにある計画を実行しようとしていまして、それを私に手伝うよう求めてきたのです。しかし、仁本人が向こうへ戻らないとどうにもならないことがいくつかありまして…計画を確実に成功させるためにも、一度、仁を向こうへ連れ帰りたいのです。必ず、穂波さんのもとへお返しすると約束しますから…」

「ちょっと待ってください。でも、ポールさんは…」

仁を連れ戻すのが仕事のポールが、研究所と縁を切るための計画に協力するというのがおかしく思え、瞳は首を傾げた。どういうことになっているのかと訝しむ瞳に、ポールは別の事情を打ち明ける。

「実は…予算削減のあおりを受けた組織再編の結果、私と仁がいた研究施設が統合されることになったのです。統合先では望まざる仕事が増えるのが目に見えているので、私は研究所を去ることに決めました」

「じゃ…」

「これからは求職中の身になります。以前の穂波さんと同じですね」

仕方なさそうな笑みを浮かべてポールが言うのを聞き、瞳はゆっくり息を吐いた。もしかすると…仁はこのことも知っていて、ポールについて詳しく話したがらなかったのかもしれない。いや、知っていたに違いない…と考えを確信に変えつつ、「ですから」とポールが続けるのを聞く。

「私は仕事を辞める前に、仁の味方として協力したいと考えています。ですから…私を信用してくださっているのかどうか、尋ねたのです」

ポールの説明を納得し、瞳は大きく頷いた。つい、止めてしまっていた手の動きを再開させ、残りの商品を買い物袋へ移し替えてしまいながら、ポールの頼みについて考えていた。ポールは信用している。こんな嘘をついて仁を連れ去るような人間じゃない。嘘をつける人間ならば、とうに仁を連れ去っているはずだ。

だから、返してくれるという約束も本当だと思うのだけど…、ジェシカの顔が浮かぶとうまくいくのだろうかという不安が芽生える。正直、仁とポールを足したところで、ジェシカには勝てないような印象があった。

空になったかごを戻し、買い物袋を提げた瞳と共にポールは店の外へ出た。駐車場を見ればいつもの高級車が停まっており、運転席にはジョージの姿が見える。

「…ジョージさんも戻ってきたんですね」

「ジョージは研究所と契約しているので、穂波さんと会うのは今回が最後になると思います」

「…そうですか…」

ポールが仕事を辞めてしまえば、ジョージとの縁も切れる。仕事を通じた仲間というのはそういうものだとわかっていても、なんだか寂しい気がした。小さく息を吐く瞳に、ポールは明日、家を訪ねると告げた。

「穂波さんにも考える時間が必要だと思いますので。できましたら、私の考えを仁に伝えて話し合っていただきたいです。仁も本当は一度自分が戻らなくてはどうにもならないとわかっていることは思うのですが、穂波さんが受験で大変な時期ということもあり、動けないと思っているようなのです」

「それは…違いますよ。仁がいなくても…」

平気だ…と言おうとして、瞳は口をつぐむ。平気じゃない。本当は、全然平気じゃないけれど…。深く息を吐き、瞳は駐車場の向こうに見える海の方を見つめて、呟くように本心を口にした。

「……俺が怖いのは……あいつがずっと…戻ってこなくなってしまうことです…」

「……穂波さん……」

「…でも…恐れてばかりじゃ…本当に失ってしまうんですから…。覚悟しないといけませんね」

少し時間をください…と言う瞳にポールは頷き、代わりに持っていた紙袋を返す。では…と言い、去っていこうとするポールを、瞳ははっとして呼び止めた。

「そうだ。ポールさん、明日はクリスマスイブなので、宴会をやるんです。だから、夜に来てください。大したものじゃありませんが、ごちそうを作る予定なので」

「わかりました。ありがとうございます」

嬉しそうな笑みを浮かべ、ポールは瞳に向かって頭を下げると、駐車場で待つジョージのもとへ向かった。ポールが近づくと、運転席から降りたジョージが後部座席のドアを開ける。瞳が見ているのに気づき、小さく頭を下げるジョージに、瞳もお辞儀を返した。二人を乗せた車がいなくなると、瞳は曇天を見上げて溜め息をついてから、自転車に荷物を載せて帰途に就いた。


翌日のクリスマスイブは前日とは打って変わって、朝から綺麗に晴れ渡ったものの、空気は刺すように冷たかった。渚と薫は昼過ぎには戻ってくると言い残して学校へ出かけていき、瞳と仁も昼まではいつも通りに過ごした。

正午過ぎ、簡単な昼食を仁と二人で済ませると、花村から電話がかかってきた。

『今晩って、本当に行ってもいいのか？』

「もちろん。弟たちも待ってるし。忙しくなかったら来てくれよ」

何か持って行こうかと気遣ってくれる花村に顔を出してくれるだけでいいからと笑って返し、受話器を置いた。そこへタイミングよく渚と薫が揃って帰ってきて、一気に賑やかになる。

「ただいま。腹減ったー。兄ちゃん、飯食ったら仁くんと買い物、行ってくるから。唐揚げ用の肉、仁くんが買ってくれるって」

「お前な。また仁にたかる気か？」

「いいんですよ、瞳。ついでにすき焼き用の肉も俺が買ってきますから」

以前、瞳がクリスマスのごちそうを何にしようか悩んでいた時、すき焼きが候補に挙がったことがある。それ用の肉を仁が買ってくると言うのに、瞳は悪いからと断ろうとしたのだが、弟たちの反応の方が早かった。

「すき焼き⁉　今晩、すき焼きなの⁉」

「マジで、兄ちゃん、すき焼き作ってくれるの⁉」

「……」

きらきらと…いや、ぎらぎらと、目を輝かせている渚と薫を見たら、瞳は何も言えなくなってしまう。曖昧な感じで傾げた首の動きを勝手に理解した弟たちはガッツポーズを決め、今度は仁にぎらぎら視線を向けた。

「仁くんが肉買ってくれるなら、期待してもいいんだよね？」

「ええ。俺は肉の種類とか、よくわからないので薫が選んでくださいね」

「もちろん！」

「薫、サシな。サシの入った、柔らかいやつ！」

「お前ら、大概に…」

「いいじゃないですか、瞳。クリスマスなんですから」

調子に乗って高級な肉を買わせようと考えているらしい二人に、苦言を呈しようとする瞳を仁は鷹揚《おうよう》に宥《なだ》める。仁にとっては大した金額ではないとわかっていても申し訳なさは抜けなかったが、渚と薫をがっかりさせるのも可哀相で、瞳は言葉を飲み込んだ。

それに別の思いがあったせいもある。兄が小言を言い出さないうちに、昼食を食べて出かけようと、インスタントラーメンを作り始める弟たちを横目に、瞳は溜め息をついて仁に忠告した。

「あいつらのいいなりになるなよ。そんな高い肉じゃなくても十分なんだから」

「わかりました。肉以外に何か欲しいものはありますか？」

「ケーキも取りに行かなきゃいけないし、他の材料は俺がひよどりで揃えてくるよ。その方が安い」

どこまでも節約に努めようとする瞳を尊敬の目で見て仁は頷く。薫と渚が超特急で鍋いっぱいのラーメンを食べ終えると、四人で揃って家を出た。三人はショッピングモール内の精肉店へ出かけ、瞳はスーパーひよどりで予約していたケーキを受け取り、焼き豆腐や春菊、しらたきにねぎ、卵など、すき焼きに必要な材料を揃えた。

それからクリスマス用に売っている骨つきチキンも買い込み、自転車のかごいっぱいに食材を仕入れて家へ戻った。仁たちはまだ帰っておらず、買ってきた食材を整理して、準備を始める。夜には花村だけでなく、ポールも来るので、六人分の食器やグラスなどを先に用意し始めていると、三人が賑やかに帰ってくる。

「兄ちゃん、肉！　すき焼きの肉、買ってきた！」

「仁くんが一番高いの、買ってくれた！」

階段の途中から聞こえてきた興奮した声に、瞳は脱力して座り込みそうになった。いいなりになるなと注意しておいたのに。眉をひそめて振り返れば、大事そうに肉の包みを掲げた渚と薫がキッチンに顔を見せる。

「兄ちゃん、すげえいい肉だよ～」

「一番高いって…いったい、いくらしたんだよ。ていうか、それ、両方とも牛肉なのか？」

二人並んで大切そうに掲げた包みの両方ともがすき焼き用の肉なのかと確認する瞳に、渚も薫も素直に頷く。どれだけ買ったんだ？　という問いかけには「二キロ」と答える。

「二キロって…」

確かに渚と薫ならそれくらい食べられるかもしれないが、今日は他にも唐揚げや骨つきチキンもある。呆れる瞳に、薫は真面目な顔でもっともそうな言い訳をする。

「だって、花村先生も来るしさ。先生、結構食べるじゃん」

「まあ…そうだが…」

「あれ…兄ちゃん。グラスが六つあるよ？」

恭しく高級肉をキッチンのカウンターに置こうとした渚が、瞳の用意したグラスに気づき、不思議そうに尋ねる。花村が来るにしたって、グラスは五つでいいのではという問いかけに、瞳はポールが来るのだと告げた。

「ポールさんが⁉」

渚と薫が声を合わせ、歓喜の声をあげた時だ。姿の見えなかった仁が遅れて上がってくる。ポールの名が聞こえたのだろう。微妙に顔を硬くしている仁を見ながら、「ああ」と頷く。

「昨日、会ったから誘ったんだ。来てくれるって言ってた」

「会ったって、ポールさん、帰ってきたの？」

「いや。そういうわけじゃないみたいだが、今晩はうちに来る」

ポールが来ると聞いた渚と薫は図々しい期待を抱いているようで、「やったー!」と万歳していた。そんな弟たちを眇めた目で見て、瞳は仁を「お帰り」と迎える。

「お前、一番高い肉なんて。いいなりになるなって言っただろ」

「そういうわけじゃないんです。俺が食べてみたかったので」

「それは?」

「こっちは唐揚げ用の肉です。…瞳。本当にポールが来るんですか?」

「ああ。昨日、スーパーひよどりで会ったんだ」

ポールと何を話したのか説明しなくても、仁にはわかっているようで、無言で買い物袋をカウンターの上へ置いた。薫に唐揚げ用の肉を調理するよう言い、瞳は先に洗濯物を入れてくると言ってテラスへ向かう。

まだ三時過ぎだけど、日はすでに薄くなっている。乾いているかどうか、確かめながら取り込んでいると仁が後を追いかけてきた。

「瞳、俺がやりますから」

「お前は会った?」

「……」

昨日、スーパーひよどりでポールに会った後、家に戻り、そのまま仁に話をしようか悩んだが、結局、何も言わなかった。時間がないのはわかっていたけれど、だからこそ、心許《こころもと》ない時間を長くしたくなかった。

首を横に振る仁を見て、瞳は小さく笑みを浮かべ、「そっか」と頷く。

「ポールさんさ、お前に会う前に俺に会って頼み事をしたかったんだって」

「……瞳…」

「ポールさんが俺に何を頼んだのか、わかってるんだろ？」

アメリカに連れ帰らせて欲しいというポールの頼みをわかっているからこそ、こんな神妙な顔つきでいるに違いない。その理由も、重要性も。でなければ、勝手な真似を…と前みたいに怒っただろう。

何も言わない…言えない仁から視線を放し、瞳は手にしていたタオルをかごに入れて、テラスの手すりに凭れかかる。近づいてきた仁に静かな口調で、ポールから言われた内容を伝えた。

「お前を…一度、アメリカへ連れていきたいって。でないと、お前が考えてる計画が成功するかどうかわからないって」

「それは…」

「お前もわかってるはずだって、言ってたよ。けど、俺を気遣ってるからって…お前と話してくれって頼まれたんだ」

困ったように顔を顰《しか》める仁を見てから、瞳は彼に背を向けた。手すりに手をかけ空を仰ぎ見る。午前中よりは多少寒さは緩んだものの、まだまだ空気が冷たい。天気予報ではホワイトクリスマスになるかもしれないと言っていた。

このまま気温が下がればそれも本当になるだろう。白っぽい色の空を見ていると、仁が横に立つ気配がした。何を言おうか悩んでいるという気持ちは隣にいるだけで伝わってきて、瞳は仁に代わって口を開く。

「ポールさんに信頼してくれているかって聞かれたんだ。ポールさんはお前を連れ帰るために来た人で、俺とは敵対関係…っていうわけじゃないけど、本当は歓迎できない相手だったろ。でも、ずっと親切にしてくれて…信頼できる人だと思ってるのは事実だから、はいって答えた。お前だって、ポールさんを信頼してるから、相談したんだよな?」

「…研究所を離れると聞きました。お前を必ず帰してくれるって、約束してくれた」

「ポールさん、お前を必ず帰してくれるって、約束してくれた」

だから…と言いかけた言葉の先が続けられず、瞳は息を吐く。行ってこいよ。俺は平気だから。大丈夫だから。そんな言葉で仁を送り出したいのに、六年前の…仁がいなかった六年間のことが思い出されて、声にならなかった。

気持ちは決まってるのに言えなくて。自分をふがいなく思う瞳の手に、仁が自分の掌を重ねる。さりげない接触はキッチンに渚と薫がいるのを気遣っているからだ。二人きりだったら抱き合えるけれど、見られる可能性のあるところで大胆な真似はできない。

それでも、掌からだけでも感じられる気持ちがある。瞳は手を返して指を絡め、仁の手を強く握った。

「……お前も、約束しろよ。必ず、帰ってくるって」

「……はい」

「今度は『早く』だぞ」

六年なんてもう待てない。大人になった分だけ贅沢になってしまった。仁が側にいてくれるしあわせに代えられるものは何もない。「はい」と力強く返事する仁の声を聞きながら、瞳は空を見つめたまま、低い声で言えなかった続きを口にする。

「お前は賢いんだから、どんな状況もきっと打破できる。ポールさんと一緒に頑張ってこいよ」

「瞳が賢いって言ってくれるのは初めてですね」

「そんなことないぞ」

ちゃんと心の中では賢いとわかっている。ただ、つい「バカ」と言ってしまうだけだ。だって…。

「…お前がそんな顔するからだ」

隣を見れば、心底嬉しそうに笑っている顔がある。にこにこした笑顔はとても仁らしくて、瞳は仕方なさそうな表情で「バカ」と呟いた。ますます嬉しそうに笑う仁を見ていたら、いつしか瞳も笑っていた。

仁の財布で薫たちが買ってきた肉を見た瞳は、思わず絶句した。

「……」

五百グラム入りのパックが四つで二キロ。二キロだというのはわかっていたし、精肉店で一番高い肉だというのも聞いていた。けれど、パックに貼られたシールに燦然《さんぜん》と輝く「松阪《まつさか》牛《うし》」という文字が目眩《めまい》を起こさせる。

「お…お前ら……」

「すごいでしょ。兄ちゃん、松阪牛だよ？」

「あの、松阪牛だよ。食べたことなくない？」

妙な日本語で胸を張る薫を細めた目で睨んでから、瞳は意を決してパックの下の方にある値段シールを見てみた。グラム三千円というありえない値段に、瞳は本気で倒れそうになる。

「ろ…ろく…ろくまんえん……」

一月分の食費じゃないか…と途方に暮れた気分で呟き、瞳はしばらくの間、取り返しのつかないことをしてしまったようなブルーな気持ちでいた。やはり仁たちに買い物を任せず、自分もついていくのだった。そんな後悔をぐるぐる繰り返していたけれど、買ってきてしまったのだから、食べるしかない。

「……残さず食べるのが正解だな」

この際、美味しく皆で食べるというのが正しい道だ。復活した瞳はできる限り美味しいすき焼きを作ろうと、準備に取りかかった。薫はこれまた穂波家にとっては高級なブランド鶏のもも肉をせっせと唐揚げにしていく。その他にも下ごしらえをした骨つきチキンをオーブンで焼いたり、サラダを作ったりしているうちに夜になっていた。

ピンポーンと鳴るチャイムを聞き、玄関へ迎えに出た渚は、花村と共に上がってきた。何も持ってこなくていいと言ったけれど、花村はシャンパンを持参してくれた。

「こんな高そうなもの…いいのか？」

「クリスマスだからさ。いろいろ売ってたんだよ。っていっても、俺は飲めないから弟たちと一緒にシャンパン風ジュースを飲もうと思ってこっちを買ってきた」

炭酸入りのジュースを掲げる花村に、薫と渚は大喜びする。甘い味のジュースは穂波家でもクリスマスの定番で、瞳も一応、仕入れてきていた。花村はそれだけではなく、パーティグッズ売り場も覗いてきたと言い、三角錐《さんかくすい》の形をした帽子や、クラッカーなども紙袋から取り出す。

お祭り好きの薫と渚は喜んで飛びつき、早速帽子を被ってご満悦だった。兄ちゃんも被ろうよと勧められた瞳は、そこまでは乗り切れないな…と乾いた笑いを浮かべ、どうやって遠慮しようか悩む。そこへ再びチャイムが鳴った。

「あ、ポールさんかも」

逃げる言い訳ができた瞳は急いで階段へ向かった。賑やかなのは嫌いじゃないが、仮装までして楽しもうという性格ではない。犠牲者として仁を残し、玄関へ駆け下りるとドアを開けて、ポールを迎える。

「こんばんは。お招き、ありがとうございます」

「こちらこそ、来てくれて嬉しいです。……あ」

にこやかに挨拶しかけた瞳は、ドアの前に立っていたポールの手に見覚えのある紙袋を見つけ、小さく声を上げた。あれは…。渚と薫が狂喜乱舞する姿を頭に浮かべながら、ポールに「すみません」と申し訳ない気分で詫びる。

「弟たちを気遣ってくださったんですよね…」

ポールが持っていたのは近隣で有名なケーキショップである「アラベスク」のものだった。以前、ポールが手土産として持参してくれた時に瞳は初めてその店を知ったのだが、テレビでも紹介されるような有名店で、渚と薫は憧れの店だったと言って大喜びしたのだ。

穂波家では到底手が出ないような金額のケーキは、ポールがいなければ決して口に入らない。ケーキだけでなく、ポールはいつだって渚と薫が喜ぶ手土産を持ってきてくれる。

「クリスマスですから。ケーキがいいかなと思いまして。もしかしたら、買われているかなとも思ったんですが…」

「一応、買ってありますが、どれだけあっても大丈夫ですし、そんな高級なものではありませんから」

ポールが手渡してくれる紙袋を受け取り、どうぞと招き入れる。階段を上がっていくと、下り口のところから渚と薫が顔を覗かせているのが見え、瞳は眉をひそめた。ポールよりも瞳が手にしている紙袋の方が気になるようだが、そこはぐっと堪え、後から上がってくるポールに声をかける。

「ポールさん、お久しぶりです」

「いらっしゃい。ポールさんもこれ、どうぞ」

満面の笑みで三角帽子を差し出す薫を、瞳は渋面で見る。持ってきてくれた花村の手前、小声で「ポールさんに迷惑だろ」と窘める瞳の前で、ポールは意外にも嬉しそうに帽子を受け取った。

「これを被ればいいんですか?」

「ポールさん…そこまで気を遣ってくれなくても…」

「いえ、気を遣っているわけでは…。楽しいですよ」

笑顔で帽子を被るポールが無理をしている気配はない。それどころか慣れた様子を見て、瞳はポールがアメリカ人であるのを思い出した。パーティというものに慣れているのだな…

と理解する瞳のもとへ、もう一人のアメリカ人が現れる。

「瞳」

「…っ…⁉」

呼びかけられて振り返った先にはサンタがいた。いや、正確にはサンタのコスプレをした仁だ。上下赤い服に、赤い帽子。それに白い髭《ひげ》までつけている。

「仁か？　何してんだよ？」

「渚と薫に着せられました…」

「だって、仁くんが一番似合うかなって」

「兄ちゃん、それケーキでしょ。傾くといけないからカウンターの上へ置いておくね」

サンタ姿の仁を見て呆れている瞳の手から、薫はさりげなくアラベスクのケーキが入った袋を奪い、運んでいく。早速中身を見て歓声をあげる弟たちに眉をひそめてから、改めて仁の格好を眺めた。

一瞬、驚いたけれど、渚の言う通り、確かに仁が一番似合うかもしれない。そんな感想はポールも抱いていたようで。

「似合いますよ」

「あ、やっぱり、ポールさんもそう思います？」

元々渋い顔つきだった仁はポールと瞳に褒められて、ますます渋面になった。特に、今はもう宿敵というわけでもないのだろうけど、ポールを苛《いじ》めることに生きがいを見いだしているっぽい仁は、髭をつけた口元を曲げて否定する。

「いや、俺よりもお前の方が似合うだろう。それと交換しろよ」

「サンタの帽子よりも三角帽子の方がいいのか？」

「……」

ポールに対しては強気に出る仁も、瞳には徹底的に弱い。真面目な顔で聞かれて答えに窮したところへ、渚と薫に合わせて花村の歓声までが聞こえてくる。

「うわ、すげえ！　さすがアラベスク！」

「う、うまそー。めちゃめちゃ豪華！」

「これがアラベスクのケーキか。初めて見たがうまそーだなあ」

渚と薫の二人だけならいつもの説教を…お客さんが持ってきてくれたものを勝手に開けるなという…するところだが、それに花村が加わっているものだから、瞳は頭ごなしに叱れなかった。心の中で嘆息し、サンタの仁に用意を手伝うように命じて、ポールには座ってくれるよう勧めた。

「ほら、ケーキは後だ。お前らも手伝え。花村、ポールさんだ。仁の知り合いなんだ」

ポールと同じ客である花村に簡単に紹介し、瞳はキッチンへ入る。サラダや唐揚げ、すき焼きの鍋などをテーブルへ運び、食卓の支度を調えたところで花村が持ってきてくれたシャ

ンパンを抜いた。

渚たちと花村はシャンパン風ジュースで、瞳と仁とポールは本物のシャンパンで乾杯する。乾杯のかけ声は当然のごとく、サンタ姿の仁に任せられた。

「メリークリスマス」

グラスを掲げる仁に合わせて全員が繰り返す。メリークリスマス。穂波家にとっては最上級のごちそうと、皆の笑顔があるだけで。これ以上ないクリスマスだと思えて、一瞬一瞬が煌《きら》めいて見えた。

薫が揚げた唐揚げもボリュームがある上に美味しいと好評だったが、やはりメインは最高級の松阪牛だ。贅沢にさしが入った肉はテーブルの上に置くだけで光って見える。

「う、眩《まぶ》しい…。兄ちゃん、肉が眩しいよ」

「バカなこと言ってないでとっとと食え。けど、食いすぎるなよ。脂の多い肉は食いすぎると気持ち悪くなるぞ」

「俺、肉で気持ち悪くなってみたい…」

注意もまともに聞けないほど浮かれている弟たちに小言を言う気も起きず、客であるポールと花村の分だけ確保して、残りは好きにさせることにした。予想はしていたが、花村も渚と薫と同じくらいよく食べるので、高級肉がざかざか減っていく。

「…ポールさん、あの、遠慮せずに食べてくださいね。この分だとすぐになくなってしまうので…」

「ありがとうございます。もう十分いただいてますから」

「いいんですよ、ポールはもう肉なんか必要ないおっさんなんですから。瞳こそ、ちゃんと食べて栄養つけてください」

「おっさん……」

仁に「おっさん」呼ばわりされたポールは哀しげな顔でサフダを食べる。瞳は意地悪サンタを睨んでから、ポールのために肉を取り分けた。二キロ買ってきた肉は結構な量があったはずなのに、野獣が増えたこともあって順調に減っていき、いつしか底をついていた。

「食った〜。さすがにもう入らない…。か、唐揚げ…」

「明日、食えばいいって。あー、俺ももう食えない…」

「じゃ、ケーキは要らないんだな？」

好き放題食べておいて、膨れたお腹を抱えて呻《うめ》く弟たちに瞳が確認すると、二人は即座に首を横に振った。ケーキは別腹だから！　ときっぱり宣言する者たちの横で、花村も無言で手を挙げる。

「俺も腹いっぱいだが、アラベスクのケーキは一口食べたい」

「だよね。兄ちゃん、先生も食べたいって」

「はいはい。ここ片づけてからな。手伝え」

食べつくした食事の皿を片づけ、ポールが持ってきてくれたアラベスクのケーキをテーブルへ運ぶ。芸術的なケーキに皆で見惚《みと》れ、人数分に取り分けようとした時だ。携帯の着信音が鳴り始め、花村が大袈裟《おおげさ》に顔をひそめた。

「こ、このタイミングで…?」

無念そうに呻きながら、花村は携帯を取り出して立ち上がる。さっきまで渚と薫と競い合うように肉をむさぼり食っていた花村は、中高生と大差ない顔をしていたけれど、瞬時にして表情を切り替えていた。

「先生、呼び出しかな」

「気の毒に…」

「思う存分食ったんだ」

思い残すことはないはずだ…と瞳が冷静に言うと、電話を終えた花村が沈痛な面持ちで振り返った。父親が医師であった穂波家の三兄弟にとっては幼い頃に見慣れた光景でもある。父親もどんなに盛り上がっている宴会の時でも、呼び出しを受ければすぐに飛んでいったものだ。

「すまん。病院へ行かなきゃいけなくなった」

「ほら。一口だけでも食っていけ」

瞳が特別に切り分けてくれた一口サイズのケーキを立ったまま頬張り、「美味い」と感動してから、花村は皆に挨拶して玄関へ向かった。アルコールは口にしていないが、夜道でもある。見送りに出た瞳は、気をつけて行けよと声をかけた。

「ありがとう、穂波。美味しかった。今度来る時はアラベスクでケーキ買ってくるって、渚くんと薫くんに言っておいてくれ」

「大喜びすると思う。こっちこそ、いろいろありがとう。頑張れよ」

山道を下っていく軽自動車のテールランプが見えなくなると、瞳は門を閉めて玄関へ戻った。すると、ドアの前に赤い服のサンタが、上着も着ずに外へ出た瞳のためにコートを手に立っていた。

「一足、遅かったですね」

「上着、持ってきてくれたのか。ありがとう。中、入ろうぜ」

「パパもよく呼び出されていましたね」

仁がぽつりと呟くのを聞き、「ああ」と頷く。瞳もいずれ……という言葉には苦笑した。

「気が早すぎる。まだ大学にも受かってないのに」

家の中へ入ると改めて、外がずいぶん冷え込んで来ているのがわかった。本当に雪が降り出すのかもなと話しながら二階へ戻ると、醜い争いが勃発していた。

「違うって、ここで…こうやって切らないと。等分にならないだろ」

「でも、飾りがあるからさ。そこで切れないいって」

「退《ど》ければいいじゃん」

「こんなに綺麗に乗っかってるのに？　…いや、だから、この飾りの分だけ、こっちの人は少なめってことで」

ポールが持ってきてくれたホールケーキをどうやって切り分けるか、薫と渚が口汚く言い合っているのを聞き、瞳は後ろからそっと近づいた。ホールケーキを見た時からこの争いが起こることは予想していて、対応も考えてある。二人の肩に手を載せて、戦慄《せんりつ》するような台詞をぼそりと呟く。

「あっちにスーパーで買ってきたケーキがあるから、お前ら、そっちを食うか？」

「…！」

「…！」

「ケーキは別腹なんだろ？」

だったら、どこのケーキでも同じなはずだと、意地悪く言う瞳を振り返り、二人はぶんぶんと頭が取れそうな勢いで首を振る。それはそれで食べるけれど、アラベスクは別腹の別腹なのだと、意味不明の訴えをする弟たちからナイフを取り上げ、瞳は適当にケーキを切り分けた。

その中で一番大きくて見栄えのいいものをポールに提供し、残りの中から自分と仁用のものを選ぶ。最後の二つを渡し、あとはじゃんけんで決めろと言い渡した。

「喧嘩したら没収な」

神妙に頷き、渚と薫はじゃんけんを始める。二人とも思い入れが強すぎるのか、あいこばかりでちっとも決まらない勝負が延々と続いて、瞳も仁もポールも、おかしくなってたくさん笑った。


ケーキを食べ終えたポールが暇《いとま》を告げると、渚と薫も見送りに出ると言ったが、瞳はそれとなく制して片づけを命じた。ポールとは二人だけで話さなくてはいけないことがある。仁は最初からポールを見送るつもりはないようで、知らん顔をしていた。階段の下り口で渚たちと挨拶を済ませたポールと共に、瞳は一階へ下りて外へ出た。

「寒…。さっきよりもまた冷え込んでる…」

「雪が降ると天気予報で言ってましたからね」

思わず首を竦めた瞳にポールは穏やかな口調で言い、門へ向かうアプローチの途中で立ち止まった。見上げた夜空は雲が立ちこめているのか、星も月も見えない。ポールと並んで立った瞳は、吐き出した息が白くなるのを見ながら、「ポールさん」と呼びかける。

「仁を……よろしくお願いします」

「…仁と話してくださったんですね」

「はい。あいつも…わかってるみたいでした。…必ず、戻ってくると約束させましたから」

「それは私も約束します。穂波さんのもとへ、必ず仁を返します」

真剣な表情で断言するポールに笑みを浮かべ、瞳は腕組みを解いて深々と頭を下げた。頼れるのはポールだけで、交わした約束を信じるしかない。ポールは続けて、明日ジェシカが訪れたら、仁を渡して欲しいと告げた。

「ジェシカには仁を諦めたと話してください。それと…申し訳ないのですが、こちらから連絡があるまで、仁とはどんなコンタクトも取らないで欲しいのです」

「……」

仁とポールが危ない橋を渡ろうとしているのは瞳も薄々感づいていた。だから、ポールの求めも仕方のないものだと理解できて、瞳は無言で頷く。

本当は…嫌だった。離れてしまうのなら…せめて、声だけでも聞きたい。声が無理ならメールという手だってある。今はいくらだって手段がある世の中なのに、どれも封じられてしまうのは辛かったけれど、仁が帰ってこられなくなってしまうよりはマシだと、自分に言い聞かせる。

「ポールさん、無理だけはしないでください。あいつも…無茶をしないように見張っててください」

「わかりました。…また、穂波さんや…弟さんたちにお目にかかれることを願っています」

静かな口調だったが、宣誓のように聞こえる台詞は瞳の胸を打つ。自分も強く願っている

…と返す前に、ポールは止めていた歩みを再開し、門へ向かった。瞳はその少し後ろをつい

て行き、敷地の外へ出ると離れた場所で待機していた車がライトを点して近づいてくるのを

見た。

「ジョージさんにもよろしくお伝えください。…今までありがとうございました…って」

「わかりました。穂波さん、受験、頑張ってください。年が明けたらすぐなのですよね？」

「そう…ですね」

その頃に仁が帰ってきている可能性は低いのだろうと、ポールの口ぶりでわかって、心許

なさが溢れ出すように感じられた。だが、ポールに弱い姿は見せられないと踏ん張り、ごま

かすように大きく息を吐く。

「合格できるよう…」

頑張ります…と言おうとした瞳は、目の前に白いものがちらついた気がして、はっと空を

見上げた。真っ暗闇《まくらやみ》から白い欠片《かけら》が次々と降ってくる。ポールも降り出した雪に気づき、

「寒いはずですね」と呟いた。

「早く中へ戻ってください。風邪をひいてしまいます」

「ありがとうございました。お気をつけて」

改めて礼を言い、車に乗り込むポールを見送った。車が静かに走り出すと瞳は門を閉め、小走りに玄関へ向かう。雪が降ってくるくらいなのだから、この寒さも頷ける。花村を見送った時と同じく、上着を着ずに出てきてしまったのは失敗だったなと後悔しつつ、玄関まで走った瞳は、またしても赤い服のサンタに迎えられた。

「上着を着てください」

「……」

仁はまだ髭をつけているから表情はいまいちわからなかったけれど、渋いものであるのは読めた。自分の上着を手にして立っているサンタに、瞳は無言で抱きつく。

仁が驚いているのがわかったけれど、構わずに背中に回した手に力をこめた。渚と薫はキッチンで後片づけをしているし、玄関ドアは仁の背後にある。二人に見られる可能性はほとんどないからと思って、瞳はそのままサンタ姿の仁を抱き締めた。

最初は驚いていた仁も少しして瞳を抱き締め返した。雪が降る寒さの屋外に立って話をしていた身体には仁がとても暖かく思えて、赤い上着に甘えるように顔を埋《うず》める。

「…降ってきましたね。薫がホワイトクリスマスになるかなって期待してましたから、見たら喜ぶでしょう」

「……ああ」

「寒くないですか?」

「……」

無言で首を振り、瞳は仁を離さなかった。もう少し。もう少しだけ、このまま。湧き上がる不安が口をついて出てしまわないために、瞳は必死で心を調整する。こうやって出迎えてくれることも…もうしばらくはないのだから…。

粉雪が舞う音は聞こえなくて、家の中から微かに水音がするだけだ。仁がつけている髭の感触が顔に当たたって、瞳は小さな声で聞いた。

「……いつまで着てるんだ?」

「結構、暖かいんですよ」

「ずっとサンタでいる気か?」

「瞳が望むなら」

真面目に答える仁がおかしくて、笑みを浮かべて抱擁を解く。大きく息を吐き、顔を上げる。自分を見つめて微笑んでくれている仁を目にするだけで幸福になれる。促されるようにして家の中に入ると、暖かな空気に包まれて涙がこぼれそうになった。

二階に上がって雪が降り出したことを伝えると、渚と薫は片づけを放り出してテラスへ駆け出した。本当だ、すげえ、寒い。外から聞こえる歓声に苦笑しながら、瞳は弟たちに代わって仁と共にキッチンを片づけ始めた。

「寒かったー！　明日、積もるかな？」

「積もったら雪合戦やれるね。でも、部活中止とかなるかなー」

「積もるまではいかないだろ。それより、ここはもういいから風呂に入れ。お前ら、明日も学校あるんだろ」

弁当はいるのかと聞く瞳に二人は頷き、ばたばたと一階へ下りていった。普段よりも多くの食器を使っていたので片づけるのに手間がかかったが、終わった頃、階下から風呂が空いたという声がかけられた。

先に風呂を使った瞳が二階へ戻ると、仁はサンタの衣装を脱いでいた。ちょっとだけ残念に思いながら仁にも入るよう勧める。仁が風呂へ向かうと、瞳はクロゼットに隠しておいたクリスマスプレゼントを取り出し、一階へ下りた。夜中にプレゼントを枕元に置くような演出が必要な年頃はさすがに過ぎている。

「…大したものじゃないけど」

渚の部屋に控えめな台詞と共にプレゼントを投げ込んだ後、隣の薫の部屋にも同じように投げ込む。二人とも「ありがとう！」と嬉しそうな声で返してくれるだけで、暖かな気持ちになれた。

サンタ役を終えて二階へ戻った瞳はそのまま寝室へ入った。風呂の後は夜中まで受験勉強をするのが常になっているけれど、シャンパンも飲んだし、クリスマスイブの夜くらいさぼってもいい。

いや、クリスマスイブだからというわけではなくて…。明日の夜には仁はここにいないのだから。そんなことを言葉にして思うと、つい、溜め息がこぼれた。

「…疲れましたか？」

「…！」

仁が二階へ上がってきているのに気づいてなかった瞳は、はっとして俯かせていた顔を上げる。首にタオルをかけた仁は後ろ手に寝室のドアを閉め、ベッドに腰掛けている瞳のもとへ近づく。

仁を見て笑みを浮かべた瞳は横に置いていたプレゼントの包みを手に取り、差し出した。クリスマスプレゼントだと、照れ隠しにぶっきらぼうな感じでつけ加える。仁は目を丸くして顔を輝かせ、瞳の前に跪《ひざまず》いた。

「俺に…ですか？」

「もちろん。…あ、でも、大したものじゃないんだ。期待するなよ」

「とんでもない！」

謙遜《けんそん》する瞳を遮り、仁は目を輝かせて開けてもいいかと聞く。瞳が頷くと慎重な手つきで袋の口を閉じているリボンを解いた。中から出てきた手袋を、仁は瞬《まばた》きもせずに見つめて動かなくなる。

「母さんからもらった手袋、なくしたって言ってただろ？　あまりいいやつは買えなかったんだけど、よかったら使ってくれ」

「……」

「…期待外れだったか？」

仁が固まったままだから、少し不安になって、瞳は窺うように聞いた。その声を聞いた仁は慌てて盛大に首を横に振る。

「ち、違います…！　期待外れなんて、全然っ…逆ですから…！」

「気に入ってくれた？」

「もちろん!!」

大事そうに手袋を抱き締め頷く仁を見て、瞳は「よかった」と微笑んだ。嬉しそうな笑みに心を奪われ、仁は手袋を握り締めたまま瞳をベッドへ押し倒す。柔らかな布団に身を沈められた瞳はくすくすと笑って、仁の背中に手を回した。

「…渚と薫のプレゼントは何にしようか悩んだけど…お前のは決まってたんだ」

「……ママの話をしたからですか？」

「ああ。お前は全部…大事にしてくれてるから…。父さんと母さんとの思い出も…俺たちとの思い出も…。…これからも…一緒にいたいから……」

「……」

必ず帰って来いよという願いをこめて、瞳は仁を抱き締める。次にこうして触れ合えるのはいつだろうなんて考えれば暗い顔になってしまいそうで、余計な思いを振り切る。大丈夫だと自分に言い聞かせてから仁を優しく離した。

「…仁……」

上から見下ろしてくる仁を見つめて「好きだ」と告げる。援助してもらったお金は告白で返すと約束したけれど、まだ始まってもいない。これは先払いかなと思うと、おかしくなって少しだけ気が晴れる。

「……」

そっと近づいてきた仁のキスを受け止め、唇から伝わる体温を味わう。仁の温度、仁の感触。意識して覚えていようと思っている自分を諫《いさ》めながらも、記憶を刻む作業をやめられなかった。

早く帰ってこいとしか言えない。いつ帰ってくるのかとは聞けない。

「……三慶医大を受けるから」

「……決めたんですか？」

「一番現実的な道だ。…ただ……三慶だと本気でお金が足りないから、お前に助けてもらわないと無理なんだ」

「いくらでも援助すると言ってます」

「援助するには側にいないとダメなんだぞ」

苦笑して返す瞳に、仁は真剣な顔つきで「わかっています」と答えた。瞳の唇を啄《ついば》み、優しいキスを小さな顔じゅうに降らせる。

「…瞳が大学生になる…春までには…戻ってきます…」

「…うん」

仁の答えも現実的なものだと理解できて、瞳は小さく頷いた。仁がいない間に自分は大学を受験して合格しておかなければいけない。寂しいと思っている場合ではない。三慶と決めた以上、出願書類を提出しなくてはいけないし、センター試験までも間がない。

「頑張って…合格する…」

「瞳なら大丈夫です」

きっと受かります…と繰り返し、仁は口づけを深くする。せつなさの漂うキスも長く味わっているうちに甘みを帯び、快楽を求め合うものに変わっていく。口内に忍んでくる仁の舌を望んで迎え入れ、淫《みだ》らに溺《おぼ》れた。

「…っ……ん……」

好きだという強い気持ちはもちろん、しばらく離れなくてはいけないという現実が、身体を熱くさせた。もう慣れているはずの口づけでもひどく感じられて、瞳は鼻先から甘い声を漏らす。

「ふ…っ……ん…っ…」

仁が首にかけていたタオルが邪魔で、引き抜いたそれを横へ投げる。同時に、仁が抱えていた手袋も退けようとしたら、手を握られた。

「……これは大切に」

瞳からもらった大事な手袋だと真面目に言って、仁は手袋をサイドテーブルへ置く。瞳は苦笑してから耳元で囁《ささや》いた。

「俺がまた…働くようになったら、もっといいのをプレゼントする」

「六年後、ですか」

「うまくいったら」

「楽しみにしてます」

未来の話をするのは楽しくて、瞳はパジャマを脱がせる仁の手に従いながら、話し続ける。今だけじゃなく、この先もずっと…遠い未来も、仁と一緒にいるのだと信じていたかった。

「六年後って…渚も、薫も大学生か。下手すると渚は卒業してるんじゃないか」

「そうですね」

「でも、研究職に就くんだったら院に行くんだよな。…やっぱ、俺が早く働けるようにならないと」

先の心配までする瞳に、仁は自分がいるから大丈夫だと告げる。そこで瞳は小さな疑問を抱いて、微かに眉をひそめた。

「でも、お前がどれだけ貯金してるか知らないけど、そんなに何年も持つのか？　三人とも大学生とかなって……しかも、あいつらがうちから通える大学に進学するとは限らないし……俺と同じで私大かもしれないし。ポールさんも仕事を辞めるって言ってたから、ポールさんを通じた収入だって期待できなくなるんだろ？」

「そんなものに頼らなくたって、今でも瞳たちが一生大学に通っていても大丈夫なくらいのお金はあります」

「……」

自信満々に言うのだから確かなのだろうけど、それがいくらなのか想像もつかなくて、瞳は神妙な顔で口を閉じた。話している間に下着まで脱がされていて、裸になった身体を再び抱き締められる。

キスだけで反応してしまっていたものに触れられ、瞳は喉《のど》の奥で小さく呻き声をあげた。掌で優しく握られると、下腹部がずんと重くなる。

「……ん……仁……」

少しずつ深まっていく愛撫《あいぶ》が中心をどんどん熱くしていく。仁の首に腕を回して引き寄せ、耳元にキスをする。たどたどしい動きで耳朶《みみたぶ》を舐《な》め、熱い吐息をこぼすと、くすぐったそうに仁が頭を振った。

「…っ……瞳、それはダメです」

「…お前、ここ弱いよな」

「からかわないでください…」

困った顔で言い、仁は瞳の腕をすり抜けて身体を移動させた。瞳の脚を抱え、手で愛撫していたものを口に含む。

「っ…ん…」

仁の動きは予想していたものの、ダイレクトな刺激は構えようがなくて、瞳は身体を竦めた。温かで濡《ぬ》れた感触は快楽と共に安堵も生む。鼻先から漏れる声は自分自身でもわかるくらい、甘えた響きに聞こえた。

「…あ……ん……仁……」

全体を含まれたまま舌を使われると、一気に張りが増す。脚を押さえられているから身動きが取れず、愛撫を受け止めるしかない。すぐに達してしまいそうな予感がして、「ダメだ」と制するのだけど、仁は愛撫を緩めなかった。

耳元に息を吹きかけてからかった仕返しなのかなと、熱さが増していくばかりの頭の隅でぼんやり考える。でも、仕返しというより、ただしたいだけという方が当たっているに違いないと思えた。

「…じ…んっ……あ……っ」

完全に勃《た》ち上がったものを指と舌の両方で弄られる。根元から舐め上げる舌の動きに背中がぞくぞくする。その間にも指は柔らかな部分を刺激し、瞳は達することしか見えなくなっていく。

「…っ…ん……ふ…」

手を伸ばして柔らかな仁の髪を掴む。遠慮がちに力をこめて離そうとするけれど、仁は動かない。だめだと告げる声は音を失くし、乱れた息づかいの中へ紛れ込む。ぎゅっと身体を縮こまらせて昂揚《こうよう》するスピードを抑えようとしてみたが、快楽を望む身体をコントロールできなかった。

先走りが溢れ出す先端を仁が舌で弄る。細かな動きがたまらなく感じて、衝動のままに達してしまった。

「あ…っ…」

短い声をあげた瞳はすぐに仁から離れようとしたけれど、がっしりと脚を抱え込まれていて動けなかった。液をこぼす自分自身を口内へ戻す仁を、掠《かす》れた声で諌める。

「っ…仁…っ…離せ…って…」

頭を追いやろうとしても力が入らず、されるがままでいるしかなかった。瞳が吐き出した欲望を飲み込み、愛《いと》おしげに舐め取った仁はゆっくり身体を起こす。覆い被さってくる仁を瞳は力強く引き寄せ、耳元で「バカ」と呟いた。

「…気持ちよくなかったですか？」

「……。よかったけど…」

「なら、よかった」

意地を張るのもバカらしくて素直に答える瞳に、仁は笑みを浮かべて喜ぶ。瞳は笑顔をじっと見つめてからキスをした。丁寧に深く…労《いたわ》るような口づけをしながら、仁と体勢を入れ替える。

「…瞳？」

さっきとは逆にベッドに背を預けた仁は、上に乗っている瞳を不思議そうに見た。瞳は何も言わず、仁が着ている寝間着代わりのスウェットを脱がせ、上半身を裸にして手で触れる。

「……」

そっと触れた肌は温かで、そうしているだけでも幸福な気持ちになれた。仁と重なるようにして彼の上に寝そべり、胸に耳を当てる。微かに聞こえる鼓動も体温と同じく、仁の存在をリアルに教えてくれる。

背中を撫でてくれる仁の手は母親みたいに優しい。何も言わず、好きにさせてくれるのは自分の気持ちを誰より理解しているからなのだろう。仁が戻ってきてから…半年以上。何度こうして肌を合わせたか。

数えていなかったのは、ずっと続くという油断があったからだ。こんなふうに…途切れてしまうなら…。一回、一回をもっと大切にしていたのに。

そんなことを思って、瞳は眉をひそめて目を閉じる。バカなことを考えていると、自分を深く反省した。仁はすぐに戻ってくるのだから。後悔を抱く必要などないのだ。

「……早く帰ってこないと…せっかく復活させた畑がぼーぼーになるぞ。俺、畑の面倒は見てやれないからな」

「わかっています。実は…俺も畑が一番気がかりなんです」

「一番？」

「冗談です」

聞き捨てならない台詞を耳にし、瞳がさっと顔を上げると、仁の笑みがあった。わざとからかったのかとむくれる瞳を、仁は引き寄せてキスをする。甘いキスの合間に、残っている野菜は収穫して食べてくださいと告げた。

「夏野菜の植えつけ時期には間に合わせます」

「やっぱ畑基準か？」

「瞳も野菜は必要でしょう？」

ああ…と頷き、仁が夏に収穫した野菜を思い出す。トマトになすにきゅうりに…。初めてにしては上出来の野菜たちは瞳によって美味しく料理されて、穂波家の食卓を彩った。来夏も皆で揃って仁の作る野菜を食べなくてはいけないのだから。

仁に覆い被さってキスを返し、緩い快楽に夢中になっていると、背中を撫でていた仁の手がいつしか双丘まで下りていた。柔らかな肉に触れ、その狭間《はざま》に指を忍ばされてどきりとした瞳は、絡めていた舌を解く。

「っ……ん……」

至近距離から仁を見つめれば、微かな声で「いいですか？」と聞かれた。何を求められているかはわかっていて、小さく頭を動かして頷く。

再び唇を重ねて淫らに口づけていると、ぬるりとした感触がした。潤滑剤で湿らせた仁の指が狭間を探ってくる。脚を開いて仁の身体を跨いでいたから敏感な部分が無防備になっていて、瞳は息を呑んで口づけをやめた。

「…ふ……あ……」

仁の指が中に入ってくるだけで快楽を察知した身体が竦み上がる。奥まで迎え入れようとして内壁《いんわい》が淫猥に蠢《うごめ》くのを止められない。入り口近くもひくひくと動いてしまい、瞳は恥ずかしくなって仁の首元に顔を埋めた。

「……ん…っ…」

ほぐされるだけでもすごく感じて、達したはずの自分が疼《うず》くのがわかってやりきれなくなる。それでも、仁が欲しいという気持ちの方が大きくて、何も見えなくなるのに時間はかからないと思った。

「…あ……っ…仁……」

最初は窺うように動いていた指がスムースに出入りを繰り返し、くちゅくちゅと音を立てる。身体の内側から湧き上がる熱さに耐えられなくなって、瞳は掠れた声で「仁」と名前を呼んだ。

「……」

上半身を起こして仁を見下ろせば、目が合っただけで何を求めているのかわかってくれる。後ろに入れていた指が抜かれると、瞳は小さく身体を震わせてから、仁の下衣に手をかけた。下着と一緒に脱がせてしまうと、再び仁の身体を跨ぐ。

「瞳……大丈夫ですか?」

「ん……」

心配そうな声に頷き、瞳は形を変えている仁自身を片手で支え、その上に身体を落としていく。仁の上に乗るのは初めてではないけれど、経験数は少ない。それも何度か身体を重ねた後のことで、最初から自分で入れるのは初めてだった。

「…っ……ふ……ん…」

無理をしてでもしたかったのは、仁の姿を少しでも多く視界に入れておきたかったからだ。

覆い被さられてしまうとどうしても視界が遮られる。潤んだ孔《あな》で熱い塊を含んでいきながら、瞳は自分の下にいる仁から目を離さなかった。

「…ん…っ……あ……はっ…」

「…瞳……」

望んでいるとはいえ、狭い場所を限界まで開かれる感覚には苦しさもあって、瞳は荒い呼吸を繰り返した。息を吐き、腰を落としきってしまうと、最奥まで仁が入り込んできて、強い快感を覚えた身体がぶるっと震える。

「…っ…ふ…」

「…無理を…してませんか？」

気遣うように聞かれ、首を横に振る。仁の大きさに急速に慣れていった内壁は苦しさよりも、物足りなさを覚え始めていた。中にあるものが動いてくれるのを期待して、柔らかく仁自身に絡みつく。

はあ…と溜め息をつき、瞳は仁に手を伸ばす。瞳の手を取った仁は指を絡めて握り、上半身を起こした。

「ん…っ」

中で仁が動くのを感じて、瞳は呻き声をあげる。熱い瞳の身体を抱き締め、仁は蒸気した頬や汗ばんだ額に口づけた。愛おしげなキスをたくさん降らせて、「瞳」と低い声で呼びかける。

「…っ……好き、だ…」

「俺もです…」

「愛してる」

途切れ途切れに告白してから、瞳は仁の口づけを受け止めた。夢中になって互いの口内を探り合い、欲望のままに身体をくねらせる。腰の動きは次第に大胆なものになっていき、仁を味わうことしか考えられなくなっていった。

「っ…ん…っ…あ…っ…」

高い嬌声《きょうせい》を上げているのも構えなくて、瞳はひたすら仁を求める。その望みに応《こた》えて、仁も動きを合わせて奥へと自分を突き立てた。求め合うだけの時間が長く…ずっと続けばいいのに。互いが我儘《わがまま》な願いを心の奥へ隠して、ひたすら目の前の快楽を追いかけた。


ピピピと鳴る目覚ましの電子音に起こされ、瞳は仁の腕を抜け出してベッドを下りた。深夜過ぎまで抱き合い、疲れ果てて眠ってしまったから二人とも裸で、瞳は少しだけ反省しながら、寒い部屋で落ちていた衣類を身につけた。

ぶるぶると震えながら部屋を出て、ガスファンヒーターのスイッチを入れる。冬の朝は部

瞳は、部屋が暖かくなるのを待つ暇はなくて、キッチンへ向かった。

屋が暖まるまでの間が辛い。それでも渚と薫の弁当作りや朝食の準備をしなくてはいけない

「……ん？」

弁当のおかずを考えながら冷蔵庫を開けようとした瞳は、そこにあった見慣れないものに目を留めた。冷蔵庫のドアに何かがぶら下がっている。小さなビニル袋が二つ。共にクリスマス仕様のラッピングがされており、不思議に思って手にしてみると、「兄ちゃんへ」「仁くんへ」とそれぞれに宛名《あてな》が書かれていた。

これはもしかして…。弟たちからのプレゼントだろうか？　驚きつつ、自分宛の包みを開けてみると、靴下が出てきた。


「……」

両親が亡くなってから瞳は毎年、弟たちにプレゼントを贈ってきたけれど、もらったことはなかった。二人とも小遣いというものをもらっていないから自由になる現金はほとんどない。それに瞳自身が強く遠慮していたせいもある。

それが今年に限ってこんなプレゼントをくれたのは…仁がいるからなのだろうと思い、笑みを浮かべて靴下をしまった。仁の分と一緒にカウンターの上へ置き、起きてきたら礼を言おうと思いつつ、朝食の支度と弁当作りを始める。

煮干しの入った鍋を火にかけ、玉子焼きを作るためにボウルに卵を割ったところで、瞳は

ふいにはっとした。弟たちの気遣いに温かな気分になっていたりだが、ある考えが浮かんで逆に凍りついた。

「……もしかして…」

青くなって瞳が呟いた時だ。「おはようございます」と言いながら、仁が寝ぼけ眼《まなこ》でキッチンに顔を出した。

「今朝《けさ》はやけに寒いですね」

「じ、仁…っ…」

「どうしたんですか？」

「そ、それ…渚と薫から……みたいなんだけど…っ…」

カウンターの上を見た仁は瞳の動揺に気づかず、「ああ」と呑気な声で相槌を打つ。

「昨日、肉を買いに行った時、なんだか二人でこそこそしてたんですよ。これだったんですね。…あ、俺のもある。嬉しいなあ」

「じゃなくて！　それ、い、いつ、置きに来たんだと思う？　冷蔵庫のとこにあったんだけど、それって…」

瞳が恐怖に陥っていたのは、昨夜は疚《やま》しい行いをしていたからだ。仁と早く触れ合いたくて、風呂から上がってきた仁とすぐに抱き合った。それから夜中まで。延々、甘い時間を過ごしていたのだけど…。

もしかして、渚と薫はその最中に二階へ上がってきて、いわゆる「お取り込み中」だったから、冷蔵庫へぶら下げていったのではないだろうか。つまり、つまり…。

「ば…バレたのかなっ…⁉」

「……。大丈夫だと思いますよ」

「どうして言い切れる⁉」

「んー…。瞳は十二時過ぎまで勉強してるって二人とも知ってますから、明け方に来たと思います。それに部屋を覗いたりはしないでしょう。子供のクリスマスプレゼントじゃないんですから、キッチンに置けば十分だとわかってると思います」

「わ、わからないぞ…っ…」

仁の冷静な説明は納得できるものでもあったが、後ろ暗いところのありすぎる瞳の不安は拭《ぬぐ》えなかった。そこへ階下で派手にドアを開け閉めする音が聞こえ、続いて階段を駆け上がる音が轟《とどろ》く。

「兄ちゃん、外見た⁉　仁くんも、見た⁉」

「雪！　雪、積もってる！」

喜色満面といった顔で寝間着のまま姿を現した弟二人は、キッチンにいる瞳と仁に興奮した様子で報告してから、そのままテラスへと走っていった。窓を開け放ち、裸足《はだし》のまま外へ出て雪に触れて歓声をあげる二人を見て、仁は「ほらね」と肩を竦める。

「……」

確かに兄と同居人のよからぬ関係を知った後ならば、あんなふうに雪が積もったと喜んではいられないだろう。はっとした瞳だったが、次の瞬間、別の問題に気づいて怒鳴り声をあげていた。

「おい、お前ら！　裸足で雪の上を歩くな！　ていうか、窓閉めろ！　寒いだろ！」

「雪が積もってるなんて、寒いはずですね」

仁は呑気そうに言って、早速テラスで雪合戦を始めている渚と薫の代わりに窓を閉めに行く。その後ろ姿を見ながら、瞳は減っていく時間を数えないようにしようと、強く自分を戒めた。

昨夜、眠りに就く前、仁と話をした。ポールからジェシカに対して芝居を打つように求められたことと、弟たちへの対応についてだ。渚と薫には詳しい事情を説明せず、普通に別れて欲しいという瞳の願いを、仁はすんなり受け入れた。

「おい、そろそろ行かなくていいのか？」

「あ、ホントだ。じゃ、仁くん。帰ってきてからね。今日は二時過ぎには終わるから」

「俺も一緒に出よう。兄ちゃん、弁当もらっていくね」

「渚はいつ帰ってくるんだ？」

四時くらいには…と返事をしながら、カウンターの上に置かれている弁当をデイパックに詰め、階段へ向かう。一階へ向かう薫と渚を、仁がそれとなく追いかけていくのを横目に見て、瞳はキッチンで片づけをしていた。

しばらくして戻ってきた仁は「出かけましたよ」とだけ言った。瞳は頷き、洗濯物を取りに一階へ向かおうとしたところ、仁に止められた。

「上がってくる前に乾燥機にかけてきましたから」

「乾燥機？」

「雪が積もっている外に干しても乾かないかと思いまして」

仁の説明を聞いて、瞳ははっとした。頭の中の大部分をジェシカはいつ来るのかという問題が覆っていて、今ひとつ、本調子ではなかった。だから、雪が積もっていると聞いたし、目にもしたのを忘れてしまっていたのだけれど。

「…ちょっと待て。じゃ、あいつらどうやって出かけたんだ？」

「いつも通り、自転車で」

「雪の積もってる山道を、自転車で？」

「とっても楽しそうでしたよ」

渚と薫がはしゃいでいる光景は嫌でも目に浮かび、瞳は思わず頭を抱えた。凍結してるところがあって滑って事故になったりしたら……。雪に車輪が取られて動けなくなったりしたら…。そんな心配はまったく抱いていないであろう弟たちに溜め息をつき、仁を恨めしい目で見る。

「お前も危ないって止めろよな」

「二人があまりに楽しそうだったので。それに渚によると、この辺がうっすら積もっている程度なら、通りまで出たら雪は溶けてるだろうという話だったので」

「…まあ、そうだな…」

それなり考えているらしい話を聞き、少しだけ安心して瞳は渋々納得した。取り敢えず、洗濯物を干す必要はなくなったので、掃除機をかけようとすると、仁から勉強をするよう勧められる。

「俺がやります。瞳は勉強してください」

「……。わかった。ありがとな」

いつも通りに。そう意識して、瞳はダイニングテーブルに勉強道具を広げた。仁が立ち働く気配を感じながら勉強に励《いそし》む。家の中の仕事が一段落したところで、仁はお茶を入れてくれて、畑を見てくると言った。

「雪が被ったままだと傷んでしまうかもしれないので。収穫できそうなものは取ってきてもいいですか？」

「頼む。寒いだろうからちゃんと着ていけよ」

わかりました…と頷き、仁は上着を羽織って一階へ下りていく。一人になった瞳は再び勉強を始め、集中して問題を解いていたのだが、間もなくして階段を上がってくる足音に気づいた。

仁にしては早いが、収穫した野菜を先に置きに来たのかもしれない。瞳は数式を解く手は止めないまま、「どうだった？」と畑の様子を聞いた。

「何が？」

「！」

俯いたまま向けた問いかけに応えたのは仁の声ではなく、瞳は驚いて顔を上げる。慌てて振り返れば、キッチンの横から階段へ続く廊下のところにジェシカが立っていた。

「っ…ジェシカさん…！　どうして…」

「玄関が開いてたから」

悪びれた様子もなく笑って言うジェシカはニット帽を被り、ダウンのロングコートを着ていた。ポケットに両手を突っ込んだまま、靴は脱いだと自慢げに言う。

「ブーツとか履いてると特に不便ね。日本の家は」

「……」

「決めてくれた？」

朝からジェシカはいつ来るのだろうとずっと気にかけていた。もしかすると、来ないかもしれない。そんな望みはわずかもなかったのに、残念に思っている自分がいて、心のどこかで抱いていたのだとわかる。

瞳は覚悟を決めて深く息を吐き出し、手にしていたシャープペンシルを置いた。

「……俺は……一緒には行けません……」

「……」

「たぶん…調べているんだと思いますが、俺は医者になりたくて……これから大学を受験するんです。仁と一緒にアメリカへ行くのは…無理です」

瞳が静かに告げると、ジェシカは無表情な顔で「そう」と頷いた。笑みのない顔はジェシカが意識して自分を律しているせいのように見える。厳しい言葉をかけなくてはいけないのはジェシカ個人としては不本意なのだろうと思えた。

「…じゃ、私は仁だけを連れていくわ」

「………」

ポールから「仁を諦める」とジェシカに言うよう指示されたが、いざとなると口にできなかった。諦めるなんて。絶対にしたくないことを口にはできない。瞳はしばしジェシカを見つめた後、「今は…」と続けた。

「離れるしか…ないのかも…と思っています。でも、ジェシカさんたちだって、ずっと仁が必要なわけじゃないでしょう」

「そうね。仁に価値がなくなれば、組織は手放すと思うわ」

「俺はずっと…仁を必要としていますから」

いずれまた、一緒に暮らせる日が来ると信じている…と言う瞳を、ジェシカはじっと見つめていたが、何も言わずに視線を伏せた。ポケットに突っ込んでいた右手を出し、それに握っていたスマホを耳につける。着信が入っていたようで、英語の短い会話を終えて、再び手をポケットに戻した。

「…仁を確保したから。連れていくわね」

「……」

すぐに戻ってくると…少なくとも、六年前のようなことにはならないと、信じているのに気持ちが揺らぎそうだった。こんなふうに別れなくてはいけないなんて。高校三年生の冬。突然、仁が姿を消してしまった時のことが甦って、瞳は息もできなくなった。

呆然として固まっている瞳にジェシカは背を向ける。階段の下り口に辿り着いたところで、椅子から立ち上がることもできず、座ったままの瞳を振り返った。

「……見送りはいい？」

「……」

仁の顔を見ておきたいという気持ちはあったけれど、見てしまえば余計なことを口走ってしまいそうな気もして、瞳はぎこちなく首を横に振った。大丈夫。仁は帰ってくるのだから。自分に言い聞かせながら握り締めた拳は力を入れすぎて、白くなっていた。

瞳が断るのを見て、ジェシカは「じゃ」と言って階段を下り始めた。静かな足音が遠ざかっていくのがたまらなくて、瞳は衝動的に立ち上がる。いけないと思っているのにジェシカを追いかけようとした瞳は、階段を数段下りたところで、下から自分を見ているジェシカに気がついた。

上目遣いに見るジェシカが目に入るとどきりとして、足が竦む。いけないという警鐘が頭の中で鳴っているのを聞き、フリーズする瞳に、ジェシカは声を潜めて聞いた。

「……ポールが来たでしょう？」

「……」

今度は別の意味で動けなくなった。ジェシカが知っているのは不思議ではなかったが、意味ありげな言い方にも聞こえ、どう答えたらいいものか迷う。ポールが仁に協力しようとしていることは悟られてはいけないから、慎重に口を開いた。

「昨夜、クリスマス会をやったんです。ポールさんが日本に来ていると聞いたので、お誘いしました。隣に住んでる時にもよくご飯を食べに来てくれていたので」

「仲がいいのね」

「……」

「心配しないで。私の仕事は『仁を連れ帰ること』だから。それが完了できればＯＫなの」

さばさばとした物言いだが、裏があるように感じられた。ジェシカはポールと仁に企《たくら》みがあるのに気づいていてもスルーしようとしてくれているのではないか。

そんな予感が浮かび、「ジェシカさん」と呼びかけたが、彼女は笑って手を振る。玄関へ向かうジェシカの姿は見えなくなって、瞳は残りの階段を足早に下りた。

「ジェシカさん」

玄関の上《あ》がり框《かまち》に座って、ブーツを履くジェシカは振り返らずに「何？」と聞く。紐《ひも》を結ぶジェシカに何をどう聞けばいいのか、瞳は迷ってしまい、履き終えるまでの間に言葉が出てこなかった。

ブーツを履いて立ち上がったジェシカは瞳を見て、にっこりと笑みを浮かべた。二階で見た無表情な顔とは対照的な笑みは、何もかもわかっているのだと言っているようで、どきりとする。そのまま何も言わずに出ていくジェシカを、今度は追いかけず、閉まるドアをじっと見つめた。


玄関の上がり框に立ちつくしてどれくらいの時間が経った頃だろう。もうとっくにジェシカが仁を連れ去ってしまった後だとわかっていたけれど、瞳は外へ出た。その日、初めて出た屋外は話通りに雪がうっすら積もっていてとても寒かった。身が竦むような冷気に包まれながら、いくつかの足跡がついているアプローチを通って門へ向かう。閉められている門を開けて外へ出ると、車の轍《わだち》だけが雪道に残っていた。

「……」

仁は連れていかれてしまった。全部、わかっていたし、覚悟もたくさんしたことなのに、やっぱり呆然としてしまうのを止められない。山道の向こうを見つめた後、敷地内へ戻り、建物を回って畑へ向かう。

畑へ続く庭の一部にも仁だけでなく、複数の足跡があった。仁を確保しに来たジェシカの部下のものだろう。畑には当然、仁の姿はなかった。代わりに、作物に被っていた雪は退けられ、畑の隅には収穫した野菜が置いてあった。

それを手にして、庭の隅にあるシンクへ運んだ。泥を落としてから家の中へ持っていこうと思い、蛇口を捻《ひね》る。凍っているかと怪しんだが、しばらく待つと水が出てきて、小松菜や大根などを洗った。

「…つめた……」

ざっと洗うだけでも手に触れる水がすごく冷たくて、すぐにかじかんでしまう。痛みを覚えるくらい冷たい水に触れていたら、ふい涙が溢れ出した。

「っ……」

あんまり冷たいから。涙が出るくらい、冷たいから。そんな言い訳をして、瞳は泣きながら野菜を洗った。渚や薫が帰ってきたら平然とした顔でいなきゃいけない。それまでに自分を立て直さないと。前に比べたら全然マシだ。どこに行ってしまったのかと心配して、探し回ったあの時に比べたら。

帰ってくるという約束もしている。春までには、きっと。そう信じて、感覚のなくなった手で洗い終えた野菜を持ち、家の中へ戻った。

ぼんやりしてしまって何もする気が起きなかったけれど、二時を過ぎて薫の「ただいま」という声を聞いた瞳は意を決して自分を切り替えた。寒かった〜と言いながら階段を上がってきた薫に「お帰り」と言って、ダイニングの椅子から立ち上がる。

「朝、大丈夫だったか？　雪、積もってるのに自転車で行ったんだろ？」

「全然平気。学校の方はあんま積もってなかったし」

雪だるまが作れるほどでなかったと悔しがりつつ、薫はデイパックから空の弁当箱を取り出す。瞳はそれを受け取り、キッチンのシンクで洗い始めながら続いて水筒を差し出す薫に先の予定を聞いた。

「ところで、お前の部活はいつまであるんだ？」

「二十九日までやるって。新年は四日から」

「先生もえらいなあ」

「兄ちゃん、明日も弁当欲しいからよろしくね。…あれ？　仁くんは？」

いつもならばすぐに顔を見せる仁がいないのに気づき、薫は不思議そうにあたりを見回す。

畑に行ってるの？　と聞く薫に瞳は洗い物をしたまま、「いや」と首を振る。

「ちょっと…出かけた」

「出かけたって…どこに？　スーパーにお使い？」

「アメリカ」

瞳にお使いを頼まれてスーパーひよどりにでも行ったのかと聞く薫に、なんでもないように答えを返す。薫はすぐに意味がわからなかったようで、「アメリカ」と繰り返してから、大声をあげた。

「っ…!?　アメリカって、アメリカ!?」

「声が大きい。側で叫ぶな」

「だって、兄ちゃん、アメリカって…仁くん、帰っちゃったってこと!?」

薫は仁がアメリカから来たのを知っている。帰ったと表現する薫を、瞳は淡々と否定した。

「あいつに帰るような場所はうちしかない」

「で、でも…」

「前にしていた仕事の…後片づけに行ったんだ。戻ってくるよ」

「いつ？」

「たぶん、…春には」

自分が大学生になるまでには戻ってくると仁は約束していったけれど、どうなるかは神様しかわからない。たぶんとつけ加える瞳の横で、薫はあわあわと狼狽《ろうばい》していたが、兄が非常に落ち着いた態度でいるのを見て、難しい顔つきで「そうか」と納得した。

「仁くん、何も言ってなかったからさ。驚いちゃって…。兄ちゃんは知ってたの？」

「ああ。お前らは余計な心配をするだろうから、言わないで行けって俺が言ったんだ」

「そっか……」

寂しそうに息を吐く薫から受け取った水筒も洗ってしまうと、瞳は水を止めて手を拭いた。ショックを受けている様子の薫に苦笑し、お腹は空いてないかと聞く。

「昨日、スーパーひよどりで買ってきたケーキの方は食べられなかっただろう。取ってあるから食べないか？」

「うん。…あ、でも渚は？」

「あいつには帰ってきたら出してやる」

お茶を入れるために湯を沸かし、薫に命じて冷蔵庫からケーキの箱を出させる。ホールケーキを特別に薫の好きな分だけの量を切り分けてもいいと許可を出した。薫は恐らく遠慮して四分の一、瞳は十六分の一という量を皿に取り、お茶と共にテーブルへ運ぶ。

「兄ちゃん、本当にそれだけでいいの？」

「十分だ。ていうか、お前、本当に食えるのか？」

「もちろん。夢はホールケーキをまるごと一人で食べることですから」

妙な自信を溢れさせている薫に眉をひそめつつ、瞳はケーキを口にする。昨夜のアラベスクとは比べものにならないシンプルなケーキだけど、十分に美味しかった。

「これはこれで美味しいよね。安心できる味」

「まあな。昨夜のやつは食べるのに心構えがいる感じだった」

ポールがいなかったら、穂波家では決して食べられなかった高級ケーキだ。ポールさん、また来てくれるかなあと邪《よこしま》な考えを抱いて呟く薫に、瞳はぶっきらぼうに「さあな」と答える。

「……ねえ、兄ちゃん」

「ん？」

「仁くん、帰ってくるよね？」

確認してくる薫の声は真剣なもので、どきりとして顔を上げた。向かい側から自分を見ている薫は不安そうな表情を浮かべていて、瞳は内心で嘆息し、「何言ってんだ」と一蹴《いっしゅう》する。

「あいつが帰る先はうち以外にないって言っただろ？」

「…だよね」

余計な心配をしたのを「ごめん」と詫び、薫は残りのケーキを一気に平らげた。一瞬でケーキがなくなったのに呆れながら、瞳は自分のケーキを食べる。仁が帰る先はうち以外にないというのは真実で、しかもいいフレーズだなと思った。


四時過ぎに帰ってきた渚は薫と同じように、仁がいない理由を聞いて呆然とした顔になって肩を落とした。

「仁くん、アメリカに帰っちゃったんだ…」

「帰ったんじゃないぞ。あいつが帰るところはうちしかないんだから。そのうち、うちへ帰ってくる」

うちへ、と強調する瞳をじっと見つめ、渚は「そうだね」と頷いた。弁当箱や水筒を取り出し、夕飯の支度をしている兄の手元を覗き込む。

「今晩は何？」

「おでん」

仁が抜いていった大根をたくさん使っておでんを仕込んだ。土鍋でくつくつと煮えているおでんからは美味しそうな出汁《だし》の匂いが漂っている。時刻は夕方近いが、ケーキがあるから食べてもいいぞと、瞳は渚に声をかけた。

「ホント?」

「昨日、食べられなかったスーパーのやつが冷蔵庫にある。俺と薫は食べたから」

ケーキの箱を取り出した渚は中身を見て、薫は四分の一食べたのかと確認する。瞳が頷くと、自分も同じだけ食べると言って皿に取り分けた。

「…よし。この残りは夕飯の後に薫と分けて食べてもいい?」

「喧嘩しないなら」

予防線を張る瞳に神妙な顔で「わかってます」と答え、渚はダイニングのテーブルでケーキを食べ始める。一口食べたところで、カウンターの向こうでごま和え用のごまを擂《す》っている瞳に「兄ちゃん」と呼びかけた。

「なんだ?」

「大丈夫?」

「……」

何が大丈夫なのか、渚は言わなかったけれど、少しどきりとして瞳は視線を上げた。フォークを手に瞳を見ていた渚は、困った顔で言葉をつけ加える。

「仁くんがいなくなって」

「………」

どういう意味で言ってるのか聞きたいけれど、墓穴を掘るような気もして声が出なかった。すりこぎを手にしたまま固まっている兄に、渚は言葉の主旨を説明する。

「だって…このところ、仁くんが家のこと、いろいろやってくれて…兄ちゃんをフォローしてたじゃん。今から入試本番だっていう時にいなくなっちゃって…調子狂うんじゃないかなって」

渚の言葉を聞いて、恐れたような意味でなかったと内心でほっとし、瞳は息を吐いた。特別な意味で仁を必要としているのがバレていたのではないかと、一瞬ひやりとした。瞳は再びすりこぎをぐるぐると回しながら、「平気だ」と低い声で答える。

「働いてた時よりはうんと余裕がある」

「まあ…そうだろうけど…。俺と薫も協力するから遠慮なく言って」

ありがたい心遣いに瞳は笑みを浮かべて「ああ」と頷いた。すりばちの中でごまはどんどん細かくなっていき、薫り高い匂いがあたりに漂い始める。仁がいれば任せる仕事だなと思いながら手を止めた瞳は、ケーキをぱくついている渚に受験先を決めたと告げた。

「三慶を受けようと考えてる」

「よかった。三慶に決めたんだ。通学距離って後から負担になってくるじゃん。心配してたんだよ」

ほっとした顔で喜び渚は受験日はいつかと尋ねる。試験は二月四日で、発表は九日だと瞳が話すのを真剣な顔つきで聞きながら、渚は残りのケーキを食べ終えた。

「センターもあるしね。なんか、聞いてるだけで俺の方が緊張してきた」

「何言ってんだ。俺の次はお前だぞ」

「そうなんだよね～」

来年は高三になる渚の受験があるし、薫も中三になって高校受験に挑まなくてはいけない。その頃には…。ふいに浮かんだ仁の顔を意識して心の奥へしまっていると、渚が薫と同じような台詞を口にした。

「…兄ちゃん。仁くん、絶対帰ってくるよ。だって、兄ちゃんが三慶行って、俺や薫も進学したらうちの財政破綻《はたん》じゃん。仁くんになんとかしてもらわないと」

「そうだな」

普段なら甘えた考えを持つなと叱責《しっせき》するところだが、渚が自分を気遣って言っているのはわかっていたので、笑って同意した。渚の言う通り、仁に助けてもらわなければやっていけない。空になった皿をシンクへ戻しに来た渚はそのまま一階へ下りていった。夕飯ができたら呼ぶと伝え、瞳は料理に戻る。茹でておいた青菜でごま和えを作りながら、渚は仁が「いつ」戻ってくるのかと聞かなかったなと、ぼんやり考えた。

仁はおしゃべりじゃないし、存在感が大きい方でもない。四人が揃う食卓でもいつも一番賑やかに話すのが薫で、次が渚だ。瞳と二人で食事をする時などは本当に静かで、「美味しいですね」の一言だけで終わってしまうことだってあった。

それでも。いなくなってみると、うんと静かに感じるのはなぜだろう。

「……なんか、静かだね」

「お前が喋《しゃべ》らないからだろ」

「渚だって」

「……。薫の部活は二十九日までだそうだが、渚はどうなんだ？　学校にはいつまで行くんだ？」

ここぞこそ言い合う弟たちを見かねて、瞳は会話の糸口として渚に予定を聞いた。渚は二十八日が最後だと言い、新年は薫と同じく、四日から出かけると言う。

「お前も忙しいな。俺も高校の頃って、そんなもんだったかな」

「変わってないと思うよ。大晦日《おおみそか》はお墓に行くよね？」

「ああ。元旦とかも、まあいつも通りで」

穂波家の年末年始は毎年、同じように過ぎていく。三十日は皆で大掃除をして、大晦日は両親が眠る墓に行き、墓の掃除をする。元旦はお雑煮を食べて、地区の神社に初詣《はつもうで》に行く。両親が亡くなる前は親戚の家へ行ったりもしたのだが、祖父母は揃ってもういないし、他の親類ともほとんど縁が途絶えてしまった。

　最初の頃は多少寂しくも感じたが、兄弟三人で過ごすのは気楽なものだ。ただ、今年は瞳は受験を控えているので、時間がある限り勉強するつもりだった。

「兄ちゃん、部活が休みに入ったら俺が飯作るから。年越し蕎麦《そば》もお正月の雑煮も任せて」

「……。もちを揚げたりするなよ」

「そ、そんなことしないよ？」

　図星だったのか、ちょっと焦った顔になる薫の前に座る渚は、その他の家事は自分が請け負うと言った。

「洗濯とか掃除とか、俺がやるからさ」

「兄ちゃんは心置きなく勉強してくれればいいから」

　仁に代わって…とは口にしないけれど、二人ともがそのつもりなのは明らかだった。瞳も受験が終わるまでは頼っていこうと素直に思って頷き、よろしく頼むと頭を下げた。三慶医大の合格圏内にはいるつもりだが、何が起こるかわからない。失敗しても次がないだけに気を抜けない。

　夕飯を終え、片づけを済ませると、渚と薫は一階の自室へ下りていった。瞳は風呂に入ってから、いつものようにソファ前のローテーブルで受験勉強に取りかかった。余計なことを考えないようにしながら集中し、十二時を過ぎたところでやめて寝室へ移動した。

「……」

暗い部屋に入ると、瞳は静かに息を吐き、置きっぱなしになっている仁の布団を見つめる。仁は戻ってくるのだからしまうつもりはないけれど、シーツを外して洗濯し、布団を干しておいてやった方がいいだろう。明日は晴れるようだから、朝から洗濯しようと決め、ベッドに入った。

「……？」

布団に脚を潜り込ませた瞳は何かがあるのに気づく。不思議に思って布団を捲《めく》り上げれば紙袋に入った四角い塊があった。

「…なんだ……？」

見覚えのない物体に眉をひそめ、手に取って紙袋の中を覗いてみる。中身を一目見ただけで誰が置いたのか、すぐにわかった。四角い塊の正体は札束で、そんなものを持っている人間は一人だけだ。

仁が置いていったのだろうとわかるが、どういう意味かと訝しくなる。紙幣の束の上には便箋《びんせん》らしきものがあり、それを取り出して開いてみた。

「……」

瞳へ…という出だしから始まる手紙はお世辞にも上手とは言えない字だった。仁は母親が日本人だったのと、本人の類希《たぐいまれ》なる頭脳のお陰で日本語を流暢《りゅうちょう》に話せるけれど、アメリカ育ちであるから、文字を書くのは不得手だ。六年前、穂波家にやってきてから、母親や瞳に文字を教わった。

だから、「瞳」という名前は漢字でも、他はほとんどひらがなだ。けれど、稚拙《ちせつ》でも丁寧な手紙は、読む前から仁がどんな思いで書いたのかが伝わってくる。

「…こんな…手紙を残していったら瞳は怒るのでしょうが…」

小さな声で瞳は仁の手紙を読み上げる。…もしものことを考えて、お金を残していきます。瞳には何があっても絶対に医者になって欲しいからです。もし、俺が帰ってくるのが遅くなったら、このお金を使ってください。でも、本当は使って欲しくないので、必ず戻ってくるつもりです。というのは、このお金はいいお金ではないからです。戻ってきたら瞳に使ってもらうのにふさわしいお金を稼ごうと思っています。だから、これが使われないことを願っています…。

ひらがなだらけの手紙は文字も稚拙だが、文章もよく似たものだ。読んでいるうちに苦笑が漏れる。

「……あいつ…文章力はないな…」

早く戻ってきますから。瞳が大学生になる前に戻ってきます。そんな約束が繰り返され、身体に気をつけて受験を頑張るようにという文で結ばれていた。読み終えた瞳は突如便箋に染みができたのを見て怪訝に思う。

「……」

それが自分の涙だと気づいたのは、視界が歪んで手元が見えなくなり始めたからだ。ぽつぽつこぼれ落ちる涙が止められない。畑で思う存分泣いて、もう涙は流さないと決めたばかりなのに。これが最後。これが最後。そう言い聞かせて、瞳は一人きりのベッドで明け方まで涙をこぼし続けた。

すぐに帰ってきます。前回はそう言い残して去っていき、帰ってくるまでに六年かかった。もしかしたら今回も六年かかるかもしれない。もしかしたら、今度は六年経っても戻ってこないかもしれない。

そんな恐れと戦いながら、年末年始を過ごし、三慶医大への出願を済ませた。仁がいなくても日々は確実に流れていき、一月半ばのセンター試験も終わった。予想通りの点数も取れ、万全の態勢で三慶の受験本番を迎えた。

つつがなく終わった受験日から数日後。三慶医大の合格発表日、穂波家の三兄弟は揃って、自宅のダイニングテーブルに置いたパソコンを覗き込んでいた。仁がノートパソコンを置いていってくれたので、時流に乗ったやり方で確かめられる。

「すごいよね。ネットで見られるなんて」

「兄ちゃん、パスワードは？」

「ええと……これだ」

三人の中で一番パソコンに長《た》けている渚がサイトを開き、瞳から預かったパスワードを打ち込む。行くよ…とエンターキーに指先を合わせ、自分に確認してくる渚に、瞳は神妙な顔つきで頷く。

「えい！」

気の抜けたかけ声と共に渚がキーを打つと、画面が切り替わって瞳の名前と共に合否が映し出された。「合格」という文字を見て、三人同時に「おお！」と声をあげたものの、今ひとつ、真実味がないのも事実だ。

「…合格…なんだよな…？」

「そうだよ。書いてあるじゃん」

「なんか、実感ないね。掲示板に自分の番号あるかどうか確かめてさ、やったー！　とか喜んで胴上げする、みたいな…」

「お前、一番若いくせにステレオタイプすぎ」

薫の発言を古いと眉をひそめ、渚はパソコンの画面を移動させる。手続きの締め切り日などを瞳に伝え、早めに行った方がいいと勧めた。瞳も頷き、ノートパソコンを閉じた渚と、隣にいる薫に改めて頭を下げる。

「いろいろ協力してくれてありがとうな。これからも迷惑かけるかもしれないけど……」

「何言ってんの、兄ちゃん。それはお互い様だって」

「そうだよ。来年は俺たちだし」

これからはバトンタッチして自分たちが受験生なのだと言う一人に、瞳は苦笑して頷く。

合格したと仁にも伝えたいけれど、手段はない。早く帰ってくるよう、願うしかない自分をふがいなく思いつつも、これでいつ帰ってきても朗報を告げられると安堵した。


二月が過ぎ、三月になっても仁が帰ってくる気配はなかった。三月半ばから急に暖かくなったせいで桜の開花が早まり、二十日過ぎには瞳たちが暮らす地域でも桜が咲いているのを見かけるようになった。

日本各地で桜が満開となっていく中で四月となり、瞳が進学する三慶医大の入学式も間近に迫ってきた。入学準備も済ませ、春休みに入っても学校へ通う渚と薫の弁当作りや、家事などをこなしながら日々を送っていた瞳のもとへ仁が戻ってきたのは、四月初日の暖かな午後だった。

今日はエイプリルフールだね…と口にしたのは薫だった。朝食を食べながらカレンダーを見て、にやりと笑う。

「嘘ついてもいい日じゃん。どんな嘘つこうかな〜」

「エイプリルフールだからって嘘つくって年でもないだろ」

「いや。うちの部活では結構、盛り上がる日だよ」

「類は友を呼ぶって?」

「おい、なんでもいいから、早く食って出かけないと遅刻するんじゃないのか」

カレンダーよりも時計を気にしろと瞳に注意された薫ははっとした顔つきになり、慌ててご飯をかき込む。寝坊して慌てて上がってきたのを、ご飯を食べているうちに忘れてしまうという呑気すぎる薫は、どんぶり飯を飲み込んで弁当と水筒を握り締めた。

「兄ちゃん、俺、今日は午後からもあるから、夕方になる」

「俺も一緒に出るわ。兄ちゃん、俺も五時過ぎ」

わかったと答え、すごい音を立てて階段を駆け下りていく音を聞きながら、食べっぱなしの食卓を片づけた。受験が終わるまでは兄に気を遣っていた弟たちも、合格してからは元通りだ。キッチンを片づけ終えた瞳は洗濯物を干し、家じゅうの掃除をしてから、庭の草むしりに出た。

このところ暖かい日が続いたせいもあって、雑草が伸びてきていた。畑まではできないが、せめてできることをと思い、庭の草抜きはまめにしている。昼過ぎまで外で過ごし、簡単な昼食を済ませた後、自転車で買い物に出かけた。

穂波家から続く山道を自転車で下るだけでも、桜の花が目に入る。どこからか飛んでくる桜の花びらにも春の匂いが感じられて、スーパーへの行き帰りも気持ちいい季節だ。

春が過ぎ、夏になればまた暑くてうんざりする。夏が終わって秋が来て、ほっとしたのも束《つか》の間《ま》、今度は寒くてやりきれなくなる。そんなふうにあっという間に四季は過ぎていくのにな…と思いつつ自転車を漕いでいるうちに、行きつけのスーパーひよどりに着いていた。

自転車を停め、店内へ入り、特売品を物色する。春キャベツと挽肉が安く売っていたので、キャベツのメンチカツを作ろうと決め、かごに商品を入れていく。お手頃価格のにんじんも買おうと思い、手を伸ばした瞳は人の気配を感じて何気なく振り返った。

「……！」

目を丸くした瞳と同じく、後ろに立っていた相手も驚いていた。声をかけようと思っていたのに…と、にこにこ笑いながらびっくりさせたのを詫びるのは、ポールだった。

「っ…ぽ、ぽ、ぽ、ポールさん！」

「はい」

「ポールさん…！」

「お元気そうでよかったです」

ポールは穏やかに笑って言うけれど、瞳はそれどころではなくて、かごを取り落とした。商品の重みでゴンと鈍い音を立てるかごを心配し、「大丈夫ですか?」と尋ねるポールは至って普通で、瞳はわけがわからない気分になる。

これは…もしかして夢なのだろうか? そう思って頰をつねってみると、痛い。夢じゃない。だったら…と、動揺しながらポールに詰め寄った。

「ど…ど、どうして…っ…ここに…っ…いや、ていうか……じ…じ、仁は…っ…」

「……。まさか…」

狼狽した瞳がしどろもどろに言うのを聞き、ポールはさっと表情を変えた。眉をひそめた難しい顔になり、瞳にとっては大問題な台詞を吐く。

「仁は帰ってないんですか?」

「……‼」

やっぱりという思いと、驚愕がごっちゃになって、声が出せなかった。ポールが普通の顔で現れたのは、仁が先に瞳のもとへ帰っていると思っていたからだったのだ。ぶんぶんと頭を縦に振る瞳に、ポールはますます表情を難しいものにして、状況を説明する。

「そんなはずは……。三日前に先に日本へ帰るという仁とLAの空港で別れたんです。その後、私は向こうで所用を済ませて今朝、日本へ着いたのでこちらへ伺ったんですが…。本当に帰ってないんですか?」

「……」

再び頭を振りながら、瞳は絶望的な気持ちでその場に蹲《うずくま》った。三日前なんて…いくらなんでも帰ってきていなきゃおかしい。またしても迷子になっている可能性が高くて、蹲ったまま独り言のように呟く。

「…仁は…ものすごい方向音痴で…この前、帰ってきた時も二週間近く、放浪してたっぽかったんです…。おそらく…今回も…」

薄汚れた格好で路上に行き倒れていた仁が頭に浮かび、ますます不安になった。いったい、どこにいるのだろう。青い顔で案ずる瞳に、ポールは怪訝な顔つきで現実的な指摘をした。

「方向音痴でも……瞳さんの居所はわかるはずなんですが…」

「……」

ポールがそう言う理由は瞳にも心当たりがあって、俯かせていた顔を上げる。仁は誰がどこにいても見つけられるというシステムを確立させた男だ。それを使えば自分の居所なんてたちどころにわかるはずで、ポールだってここにいるのはシステムを利用したからに違いない。

だが…前回も仁は迷子になった。それはなぜだったのかと考える瞳に、ポールが推測した理由を告げる。

「昨年に帰国した際は私たちにトレースされないために敢えてシステムにアクセスしなかっ

たのかもしれませんが、今は問題はフリーになっています。仁はいつでもアクセスできるので穂波さんの居場所もわかるはずです…」

「あ、だったら、ポールさんもわかるんじゃないんですか？　あいつの居所」

逆に仁がどこにいるのかもわかるのではないかと思いつき、表情を明るくする瞳に、ポールは残念そうに首を横に振った。

「それが…仁は自分の情報は意図的に認証させてないんです」

「ああ…そうですか…」

落胆する瞳に「待ってください」と言い、ポールはスーツのポケットから取り出したスマホで電話をかける。仁にかけているのだと思われたが、相手は呼び出しに応じないようだった。難しい顔でスマホを耳から離し、今度はメールを打つ。

瞳はよろよろと立ち上がり、なんとかして仁と連絡を取ろうとしているポールに期待を寄せていたが、芳しい展開にはならなかった。ポールは真面目な顔で仁を捜索してみると言う。

「仁が乗った便を調べて、成田に到着した時刻から空港周辺の様子を洗い出してみます。穂波さんは家で待っててくださいませんか」

「でも…俺もあいつを…」

「仁が目指しているのは穂波さんのお宅です。もしかすると、こうしている間にも着いてるかもしれません」

ポールの意見はもっともで、瞳は大きく頷いて店を出ようとした。買い物しかけのかごはいいのかとポールに聞かれて、慌てて商品とかごを元へ戻す。こうなったら買い物どころではない。何がなんでも仁を見つけなきゃいけない。

日本のどこかに仁はいるのだから。

「では、何か進展がありましたら電話します」

「よろしくお願いします。…あ…ジョージさん…」

ポールと共に店の外へ出た瞳は、駐車場で待っていた車の運転席にジョージの姿を発見し、声をあげた。前回、ポールに会った時、ジョージは組織と契約しているのでこれが最後だと聞かされた。

どうしてジョージがいるのかと聞く瞳に、ポールは笑みを浮かべて意外な説明をする。

「仁が見つかったらまた詳しく説明しますが、ジョージはセキュリティガードを辞め、私を手伝ってくれることになったのです」

「そうなんですか」

再び運転席を見るとジョージと目が合い、小さく会釈してくれる。前にはなかった反応で、瞳は少し嬉しくなった。だが、今は喜んでいる場合ではないと、ポールを見送り、自転車で自宅を目指した。

仁が戻ってきているとわかったのは嬉しくても、三日かかっても自分のもとへ辿り着けない鈍くささには腹が立った。あいつは…本当に間が抜けてる。自分がどれだけ会いたいか、わかってないんだろうか。最初は嬉しさと腹立ちが半分半分くらいだったのが、家に近づくにつれて、腹立ちの方が大きくなっていた。

本当にあいつは…！　怒りに任せてペダルを踏んでいるうちに自転車はぐんぐん速度を上げる。海辺から続く通りの角を曲がり、山間にある穂波家への道に出る。坂にも負けず、勢いを落とさないまま進んでいた瞳は、最後の集落を抜けようとしたところで話し声に気づき急ブレーキをかけた。

「!?」

どこからか聞こえる会話の中に、仁のものだと思われる声があって仰天する。いったい、どこで仁は話しているのか。自転車の向きを変え、集落の中へ入っていく小径《こみち》を下っていくと少しして、離れたところにある畑で数人が寄り集まって話しているのが見えた。

「…!!」

高齢者ばかりの中に、一人だけ背の高い若い男がいる。あのくるくるパーマは間違いなく仁だ。瞳は状況も周囲も考えずにその場から「仁！」と高い声で呼んだ。

瞳の声に気づいた仁ははっとして顔を動かし、自分の周囲に集まっている老人たちに何度も会釈して畑を抜けてきた。急いで自分の方へやってくる姿を見ながら、瞳は仁がここにいた理由を推測する。

穂波家に帰ろうとしていたところ、顔見知りの畑仲間に声をかけられ、寄り道をしていたに違いない。一刻も早く自分に会いたいと思わないのかと、苛《いら》ついた気持ちを抱いていたから、目の前までやってきてにっこり笑った仁に、思わず八つ当たりしてしまった。

「瞳……」

「…っ…バカ！」

バカと言われる心当たりは仁にもあったのだろう。よく見れば前ほどではないけれど、微妙によろよろしている。嬉しそうな笑みを消し、仁はしょんぼりして「ごめんなさい」と謝る。

「早く帰りたかったんですが…また迷ってしまって…」

「なんでシステムとやらを使わないんだよ⁉　俺の居場所なんてすぐにわかるだろ？」

「成田に着いてすぐに…荷物を置き忘れてしまったんです。ずいぶん探したんですが見つからず…その中にパソコンもスマホも全部入れてあったので…誰にも連絡の取りようがなくなってしまい…」

恐る恐るといった感じで仁が説明するのを聞き、ポールが電話をかけてもメールをしても連絡がつかなかった意味がわかる。瞳は「はあ」と大きな溜め息をつき、それでも…と続けた。

「うちの場所はわかってるんだから…ていうか、うちに電話すればいいだろ？」

「覚えるのを忘れてまして…」

「バカか！」

やっぱりそこに戻ってしまい、瞳が頭から湯気を出して怒っていると、畑に集まっていた老人たちがぞろぞろとやってくるのが見えた。静かな山間に瞳の「バカ」と罵《ののし》る声は高く響き、畑仲間の老人たちは仁を心配してやってきたのだ。

「穂波さんとこのお兄ちゃん、仁くんを怒らないでやって。引き留めた私たちが悪かったんだから」

「仁くんは早く帰らないとって言ってたんだけど、少しだけって寄っていくように言ったんだよ。このところ留守にしてたから心配してたんだ」

「あ…いえ、ち…違うんです。すみません。皆さんのせいとか…そういうんじゃなくて…」

申し訳なさそうに謝られてしまい、瞳は居心地の悪い気分で頭を下げた。老人たちは仁を庇い、機嫌を直すように言って、野菜を差し出す。

「これ、春キャベツだから柔らかくて美味しいよ。よかったら食べて」

「にんじんと菜花も持っていきなよ」

「穂波さんとこは弟さんたち、大きいからよく食うんだろう」

あれもこれもと皆が野菜をくれて、あっという間に自転車のかごがいっぱいになる。瞳は恐縮しながらもありがたくいただきますと礼を言い、仁を連れてそそくさとその場を後にした。

元の坂道に戻り、老人たちからは見えない場所まで来ると、盛大に息を吐く。神妙な顔でいる仁をじっと見つめてから、「お帰り」とぼそりとした物言いで言った。

「た、ただいま、帰りました……！」

ようやく待てを解除してもらった犬みたいに仁は喜びを露《あら》わにする。瞳は苦笑して自転車の荷台に乗るよう勧めた。

「帰ろうぜ」

俺たちの家に。そんな言葉に頷き、仁は瞳が運転する自転車の後ろに乗る。前かごいっぱいの野菜に、後ろには仁を乗せ、正直ペダルは重かったけれどちっとも苦にならなくて瞳は力強く我が家を目指した。

穂波家の前に着くと仁は荷台から降り、瞳はガレージに自転車を停めた。仁の畑仲間からもらった野菜を運ぶため、スーパーへ持っていったエコバッグに詰める。買い物はできなかったけれど、これで何かを作ろう。そう思いながら仁を振り返ると、門の前で立ったまま家を眺めていた。

「……」

入るのを遠慮しているというよりも、感慨に浸っているように見え、エコバッグをガレージに置いて仁に近づく。どうした？　と聞く瞳の声に、仁ははっとして首を小さく振った。

「…いえ。本当に帰ってこられたんだって…思って…」

「……。それはお前が方向音痴なせいで、成田からここまで三日も放浪しなきゃいけなかったからか？　それとも実は『すぐに戻ってくる』って約束に自信が持ててなかったからか？」

「……瞳はいつも鋭いですね」

両方とも心当たりがあると正直に言う仁をじっと見つめ、瞳は足を踏み出して抱きつく。ぎゅっと仁の存在を確かめるみたいに強く抱き締め、くぐもった声で聞いた。

「…問題は解決したのか？」

「はい。遅くなりましたが、瞳。合格おめでとうございます。入学式には間に合ってよかったです」

どうして知っているのかと驚きながら顔を上げると、仁はにっこり笑ってキスをした。触れるだけのキスでも心ごと持っていかれてしまうほどに感動して、そんな自分が少しだけ悔しく、瞳は微かに眉をひそめる。

「…ずるいぞ。自分だけ何もかも知ってるなんて」

「そのあたりのスキルは発達してますから」

「成田からうちまでは迷うのに？」

そうなんですよね…と困った顔で首を傾げる仁を笑って、瞳は自らのキスを返した。離れていた間に溜まったたくさんの気持ちをこめて口づける。長いキスは終わりがないように思えたけれど、遠くで鳴っている音に気づいて口づけを解いた。

「……？」

どこかで電話が鳴っている…。家の中だと思い、はっとした。「ポールさんだ！」と叫んで瞳は家へと駆け出し、急いで鍵を開けて階段を上がる。居間の電話を取ると、「穂波さんですか？」と確かめるポールの声が聞こえた。

『仁が日本へ入国している確認が取れました。それに成田空港で仁のデイパックが忘れ物として保管されていたんです。中にはパソコンやスマホも入っているようなので、今、仁は何も持たずにいるのかも…』

ポールがらしからぬ焦った口調で報告してくるのを瞳は「あのっ」と遮る。非常に申し訳ない気分で、仁と会えたのだと伝えた。

「うちの近くの畑で井戸端会議に参加しているのを捕まえましたんでっ…」

『…畑？　井戸端会議……？』

日本語に長けていても外国人であるポールには聞き慣れない言葉だったようで、不思議そうに繰り返すのを聞きながら、瞳はとにかく仁はうちにいるから大丈夫だと結ぶ。ポールはほっとして「よかった」と呟き、成田へ荷物を取りに行ってくれると続けた。

「ご面倒をおかけしてすみません。ポールさんがいらしたら本人に謝らせますから」

よろしくお願いしますと礼を言って通話を切ると、野菜の入ったエコバッグを手に仁が立っていた。瞳は成田空港に荷物が保管されていて、それをポールが取りに行ってくれると伝えた。

「ポールさん、持ってきてくれるって言うから、ちゃんとお礼言えよ」

「お礼…ですか」

相変わらず、ポールに対しては意地悪心を抱いているらしい仁が渋い顔をするのを見て、瞳は説教する。迷子になった仁を捜すのに協力してくれた上に成田まで荷物を取りに行ってくれるなんて、人のいいポールにしかできないことだ。

「ポールさん、もう前の仕事は辞めたんだろ。なのにお前のために動いてくれるなんてありがたいと思えよ」

「別の理由ができたんですよ」

「別？」

「ポールが俺のために動くのは当然なんです」

軽く肩を竦めて仁が言う意味がわからず、瞳は首を傾げる。手にしたままだった電話の子機を充電器に戻し、仁の方へ向き直って「どういう意味だ？」と尋ねた。

「だって、俺は社長で、ポールは社員ですから」

「しゃ…ちょう?」

なんの話をしているのかさっぱりわからず、瞳の顔は怪訝なものになっていく。スーパーひよどりでポールと別れる時、ジョージがポールを手伝うことになったとは聞いたが…仁が社長で…ポールが社員というのは。想像がつかずに首を傾けたままの瞳に、仁はエコバッグをキッチンへ運びながらなんでもないことのように伝えた。

「会社を設立したんです。お金を稼ごうと思いまして」

「…!」

カウンターの上にエコバッグを置く仁を見ながら、瞳は彼が残していった手紙の内容を思い出していた。瞳にふさわしいお金を…というくだりと、お金を稼ぐために会社を設立したという仁の発言は繋がっているのではないか。

「会社って…なんの?」

「うーん。瞳に説明するのは難しいんですが…まあ、いわゆるソフト会社だと思ってください。でも、安心してください。今度は後ろ暗いことは一切ない、まともな内容の仕事をしようと思っています。瞳が医者になるのに疚しいお金は使えませんから」

「……」

話を聞いても信じかねるようなシステムを作ったような仁だ。その気になれば大金を生むようなソフト開発だって可能に違いない。ただ、天才であっても仁にはいろいろ難がある。不安には思うものの、ポールが社員だというところが救いとなった。

「…まあ…ポールさんが手伝ってくれるなら……」

なんとかなるんじゃないかと頷く瞳に、仁は納得いかない顔つきだった。ポールはあくまでも手伝いで、社長は自分だと主張する仁に苦笑しつつ、瞳はキッチンへ入る。畑でもらった春キャベツを手にして、夜のメニュウを決めた。

「やっぱり、今夜はキャベツメンチにしよう。挽肉、冷凍庫にあったたから…」

残ったキャベツはたっぷりの千切りにしてソースをかけて食べよう。にんじんはきんぴらにして、菜花は辛子和えにして。味噌汁は豆腐とわかめ。次々献立を口にする瞳に隣に立ち、仁は「美味しそうですね」と言って笑った。

「瞳のご飯、食べたかったです」

「……」

隣を見て微笑めば、仁が屈んで口づけてくる。何度しても、長く口づけても足りないような気がするキスは、二人をとてもしあわせにした。


夕方になって学校から帰ってきた渚と薫は仁の帰宅を大喜びし、瞳が薫と共にメンチカツを揚げ終わる頃、成田まで仁の荷物を取りに行っていたポールが訪ねてきた。

「ポールさん、いらっしゃい。晩ご飯食べていきなよ」

「たくさん揚げたからポールさんの分もあるよ」

「いいえ、私は荷物を置きに来ただけですので、また改めまして…」

「いいじゃないですか。そうだ。ジョージさんもいるんですよね？　もうセキュリティじゃないから一緒にご飯食べるのも大丈夫でしょう？」

是非連れてきてくれと瞳に促されたポールはジョージを呼びに行き、皆で揃って食卓を囲むことになった。久しぶりに瞳の手料理を食べるのに部外者がいるなんて…と仁は歓迎しない顔つきだったが、瞳に叱られて態度を改める。

「お前はポールさんには別の形で世話になるんだろ。ジョージさんにも」

「どういうこと？」

「仁が会社を始めるんだと。で、ポールさんとジョージさんは仕事を手伝ってくれるんだって」

「……私は副社長の運転手なので手伝うわけではありません」

瞳が渚たちに説明するのを聞き、ジョージがぼそりとつけ加える。それまでジョージの声を聞いたことがなかった瞳たちは驚いて目を丸くする。しかも、日本語は話せないのだと思い込んでいたのだが…。

「ジョージさん、日本語話せるんですか？」

「少しです」

「いいや、十分でしょ」

「ていうか、副社長って…ポールさんが副社長なの？」

「お前、社員って言ったよな？」

「社長以外は社員です」

　初耳の事実を聞き、瞳に睨まれた仁は慌てて言い訳する。大勢が揃う賑やかな食卓は久しぶりで、会話も箸も進んだ。話題が尽きないまま、食事も終盤に差しかかった頃だ。ピンポーンとチャイムが鳴った。

「…回覧板かな」

　ちょっと見てくると言い、瞳は一人で一階へ下りた。「はーい」と返事しながら開けた玄関ドアの向こうには…。

「ハイ」

　軽い挨拶と共に手を挙げるジェシカがいて息を呑んだ。問題は解決したと…だから、仁もポールもジョージも帰ってきたのだと思っていたのに。一瞬で顔を強ばらせる瞳を見て、ジェシカは慌てたように心配するなと告げる。

「仁を連れに来たわけじゃないの。挨拶に寄っただけ」

「挨拶って…」「仁、帰ってきたでしょ？」

答えてもいいか悩んだが、二階からは賑やかな声が聞こえてきている。それにジェシカはわかって来ているのだろうからと思い、瞳は無言で頷いた。

硬い表情を崩さない瞳を苦笑して見つめ、ジェシカは肩を竦める。嫌われてるのはしょうがないわね…と呟き、仁を連れ戻った後のことを話した。

「相変わらず仏頂面で誰とも話さなかったんだけど、仕事だけはしてたの。開発チームも仁の復帰を喜んで、新しいプロジェクトなんかも始まるはずだったんだけど、仁が戻って…年明け頃だったかな。システムの誤作動があって、それから連続して不具合が見つかった。…私も専門外だし、具体的にどういうことなのかはよくわかってないんだけど」

それに…とジェシカは仁を連れ帰った後は別の任務についていたので、人から聞いた話でしかないとつけ加える。仁とポールが何かを企《くわだ》てて、それを遂行するためにアメリカへ戻ったのだと知っている瞳は、ジェシカに悟られないようにと表情を動かさないように気をつけて話を聞いていた。

「仁は復旧対応に追われていたみたいなんだけど、なかなかうまくいかなかったみたいで。そこへあるエンジニアが新技術を売り込みに来たのね。それがどうも、仁が開発したシステムよりもさらに画期的なものだったらしくて、…新しいプロジェクトの責任者は彼に変更されたわ」

「…それは……」

「つまり、仁はお払い箱になったわけ。…私、あなたに向けた言葉を思い出して。必要がなくなったら仁を手放すって言ったじゃない。その通りになったなって」

「……」

笑みを浮かべたまま話しているジェシカの真意は読めなかった。昨年末の別れ際にもジェシカはすべてを悟っているのではないかという感触を得ていた。しかし、彼女の本意が読めないまま認めるわけにはいかず、瞳はしらを切る。

「…俺には…よくわかりませんが…仁が戻ってきてくれて嬉しいです」

「…ポールもいるでしょう。民間の仕事をする会社を立ち上げたのよね」

「……」

やはりジェシカは見抜いているのだと感じられ、瞳は表情を硬くする。そんな瞳にジェシカは笑って告げた。

「そんなに警戒しなくても大丈夫。仁を連れ戻すって任務は完了したし、それに私は軍へ戻ることになったの」

「そう…なんですか…」

「日本には用事があって立ち寄っただけ。これから中東へ飛ぶわ」

　具体的な地名は挙げなかったけれど、不穏な気配のする行き先だ。瞳は別の意味で緊張した面持ちになり、ジェシカの身を案じた。

「危険な地域に…行くんですか？」

「それが私の仕事だから」

「……。気をつけてください」

　世の中にはこういう女性もいるのだなと改めて感慨深い思いになりながら、瞳は真摯《しんし》な言葉をジェシカに向けた。ジェシカは笑みを照れたようなものに変え、「ありがとう」と礼を言う。突然訪ねてすまなかったと詫び、帰っていくジェシカを見送りに出た。

　前にジェシカがやってきたのはクリスマスで、雪の積もった寒い日だった。今は上着なしで外へ出ても全然平気で、穂波家の建つ山間でも春の気配が色濃くなり始めている。門の向こうに停まっている車を見ながら、瞳は「ありがとうございました」と礼を言った。

　ジェシカとしては礼を言われるのが意外だったのだろう。不思議そうな顔で振り返る。

「どうしてお礼？」

「……いえ…なんか、ジェシカさんは俺のことを気にかけてくれてたんじゃないかと…思いまして」

　もしも違っていたら恥ずかしいけれど、そんな予感があって、瞳は小さな笑みを浮かべて言った。任務は終わったとはいえ、ジェシカにその気があれば仁に対する疑いを報告できたはずだ。そうしなかったのは…と考えて礼を言った瞳に、ジェシカは少し首を傾げて「そうね」と頷く。

「そうかもしれない。こんなところまで来ようと思ったんだし」

「…桜を見ましたか？」

「ええ。いろんなところで咲いてた。久しぶりに見られて嬉しかった」

瞳の問いに答えるジェシカは子供みたいな笑みを浮かべ、「じゃ」と軽い挨拶を残して車へ向かう。ジェシカを乗せた車はすぐに発進し見えなくなった。エンジン音が聞こえなくなった頃、瞳は家へ引き返したのだが、玄関では仁が待っていた。

「…聞こえてた？」

二階からの話し声は絶えなかったから気づいてないのだろうと思っていた。仁は難しい顔つきで「何しに来たんですか？」と聞く。

「日本に来たから寄ってくれたんだって。今から中東に行くって」

「…ジェシカは軍へ戻りましたからね」

「……。気づいてるみたいだったよ」

小さな声で言う瞳に、仁は肩を竦めて溜め息をつく。「でしょうね」と言う顔は渋面で、ジェシカからのリークを恐れていたと打ち明けた。

「ジェシカは気づいてるだろうと思っていたんで。黙っていてくれて助かりました」

「…っていうことは…誤作動とか不具合っていうのは…わざとだったのか？」

瞳の質問に仁は答えなかったが、顔を見ているだけでビンゴだとわかった。自分の価値を貶《おとし》めるためにわざとミスするというのが仁の計画だったのか。なるほど…と思いながら、もう一つの偶然があってよかったなと告げる。

「別のエンジニアが新技術を開発してくれたんだろ？　そっちに任せられてよかったじゃないか」

「世の中にそんなに天才がいると思いますか？」

「……！」

仁の不遜な台詞も気になったが、その内容の方がもっと驚きで、瞳は目を丸くする。まさか…と呟く瞳に、仁はすらすらと種明かしをしてみせた。

「ジェシカが姿を見せた日からしばらく、俺がパソコンの前から動かなかったのを覚えてますか？」

「あ…ああ…」

確かに、ジェシカが訪ねてきたその日から、仁は朝も晩もパソコンに張りついていた。何をしているのかはわからなかったけれど、あれが…と推測する瞳に、仁は話を続ける。

「ジェシカは任務遂行のためなら手段を選ばないって知ってましたから。策を講じるしかないと思ったんです。で、新しいシステムを作ってとあるエンジニアに匿名で流したんです。

売名行為に目がなくて、お金も大好きでっていう野心家がいましてね。案の定、どこの誰が作ったものかわからないシステムをさも自分が開発したかのように装って売り込んできてくれたんで助かりました」

「じゃ…新技術ってのもお前が…作ったものなのか？」

「はい。あ、でも大丈夫です。一年でバグが出るようにしてありまして、あの男では直せないでしょうからプロジェクトは頓挫《とんざ》するでしょう。その頃には俺は民間で有名になっていますから、向こうも手出しできません」

「そのために会社を？」

「本当は目立つ真似はしたくないんですが、顔を売るというのも自己防衛の一つなので。隠居暮らししてたら拉致《らち》され放題ですからね」

仁の言うのはもっともで、瞳は無言で頷いた。けれど、うまくいったからいいものの、無謀といえば無謀な計画でもある。それに仕事が軌道に乗る前から有名になると断言できるのも解せなくて、瞳は眉をひそめて腕組みをし、大きく溜め息をついた。

「計画通りにいったからと言って油断するなよ。そもそもお前は賢いかもしれないけど、鈍くさいんだし」

「わかってます。瞳。上で話していたのですが、明日、お花見に行きませんか？　まだ桜が残っているからと、渚と薫が誘ってくれたんです。ポールとジョージも一緒にというのが難ですが…」

「何が難だ。皆で一緒の方が楽しいだろ。そうだな。明後日《あさって》は入学式だし。明日は花見弁当作って出かけるか」

昨年、仁が戻ってきた時には桜は散ってしまっていた。今年は開花は早かったものの、冷え込んだりしたこともあり、まだ十分に花見を楽しめる。瞳が花見弁当を作ると聞いた仁は嬉しそうに顔を綻《ほころ》ばせ、自分も手伝うと言った。

「お前に手伝えること、あるかな」

「いえいえ、瞳。俺のこれからの目標は料理も作れるようになる、ですから」

真面目に宣言する仁を笑って、瞳は手を繋ぐ。大きな掌をぎゅっと握り締めてから、玄関のドアを開けた。二人で一緒に入る家は暖かくて、賑やかな話し声に満ちている。これからもずっと。共にしあわせを築いていけると信じて、愛しい恋人への永久の想いを心の中で誓った。

六年後。

一階から玄関の開く音と共に「ただいまー」という声が聞こえ、瞳はガスの火を止めて時計を見た。時刻は夕方四時。予定よりも早かったなと思いながら、階段の下り口まで出迎えに行く。

「お帰り。早かったな」

「乗り継ぎがうまくいって。兄ちゃん、なんか作った?」

「仁がちらし寿司が食べたいって言うから、具だけは仕込んでおいた。あとはお前が作ってくれるんだろ?」

「任せといて。食材もオーナーのコネ使わせてもらって安く仕入れてきたからさ」

階段を上がってくる時から薫が発泡スチロールのトロ箱を手にしているのが見えていた。背中にも重そうなデイパックを背負っていて、キッチンに入ってそれを下ろすと、次々と食材を並べていく。

「フリットにパスタに……美味しいラムもあるんだ。焼いて食おう」

いきいきと献立を考える薫を瞳は頼もしく思い、キッチンを明け渡す。二十歳《はたち》になった薫は現在、都内のリストランテで働いている。高校卒業後、大学へは進学せず、アルバイトをしながら専門学校に通い、調理師の免許を取った。その後、今は自分で選んだ店で修行中の身の上だ。

「でも、週末なのによく休めたな」

「だって、兄ちゃんは月曜から病院だし、渚だって明日には帰らなきゃいけないんだろ？…あれ。渚は？」

「花村を迎えに行った。来られるって電話あったから」

花村が来ると聞いた薫は全部で何人になるの？　と瞳に尋ねる。自分も含めて七名だと聞き、薫はシャツの袖をまくって急いで準備すると小鼻を膨らませた。瞳は薫の補助をしながら、二人で宴会の準備をしていたのだが、間もなくして電話が鳴った。

瞳が手を止めて子機を取ると、焦った声が流れてくる。

『ほ、穂波さん。社長は…社長は戻ってませんか？』

「……………」

またか…と言いたい気分を抑え、瞳は動揺しているポールに「戻ってません」と答えた。

六年前、仁がポールと共に起こした会社は予定通りの成長を遂げ、今は穂波家から車で二十分ほど離れた海辺の街に自社ビルを建てて業務を行っている。今でもポールに対する仁の意地悪心は健在で、いつも振り回されているのだ。

「また連絡がつかないんですか？」

『はい…。面目ありません…』

「そのうちこっちへ帰ってくるでしょうから、ポールさんもジョージさんも来てください。宴会の約束、覚えてますよね？」

『もちろんです』

薫が張りきって料理を作っていると聞くと、ポールは「わかりました」と答えた。社でおたおたしていても仁が現れる可能性は低い。穂波家で捕まえる方が賢明だと判断し、所用を済ませたらすぐに向かうと言って電話を切った。

電話の相手がポールであるのと、その内容は薫にもすぐにわかったようで、呆れ顔で「また」と口にする。

「仁くん、消えたの？」

「みたいだな」

「畑にいたりして」

薫は冗談めかして言うけれど、なきにしもあらず、だ。瞳は神妙な顔で「見て来る」と言って一階へ下りた。三月も最後の週となり、来週末には四月に入る。空気も暖かくなり、庭で咲く花の匂いが香《かぐわ》しい。仁が社長業よりもずっと熱心に取り組んでいるのはガーデニングと畑仕事で、穂波家の庭は色とりどりの花々で埋めつくされている。

「仁ー？　いるかー？」

畑へ向かいながら声をかけると、「はい」と返事する声が聞こえた。やっぱり…と思いつつ、瞳は渋い顔になって建物の反対側にある畑に出た。いつ帰ってきていたのか、長靴に軍手という農作業スタイルで畝《うね》の間に立つ仁は、瞳を見てにっこり笑う。

「帰ってきてたのか。今、ポールさんから電話あったぞ」

「いないと言ってください」

「こっちに来るよう、言っておいた。ポールさんたちも宴会に誘ってあるんだ。薫も帰ってきたぞ」

「そうなんですか。気づかなかった」

ポールたちについてはどうでもいいような顔つきだったが、薫の名前には反応して、仁は摘んだ菜花を手に戻ってくる。薫に調理してもらいましょう…と仁が言うのに瞳も賛成する。

「渚は？」

「花村を迎えに行った」

「先生も来られるんですね。よかった。花村先生にはこれから瞳がお世話になりますから。もてなさないといけませんね」

「接待か」

仁が真面目に言うのがおかしくて、瞳は肩を揺らして笑った。無事、医師国家試験に受かった瞳は、週明けの月曜日から花村が勤務する病院で臨床研修医として勤めることになっている。亡くなった両親が勤めていた病院でもあって、働けると決まった時にはとても嬉しかった。

「まあ、働くと言ってもしばらくの間は免許持ってるだけの人だしな…」

「日々、勉強ですね」

「できる限り頑張るよ。…って、お前もポールさんを困らせないでちゃんとやれよ」

「俺はいつもちゃんとやってます」

「会社抜け出して畑にいたくせに？」

怪しげな目で見る瞳に仁が言い訳しようとすると、建物の向こう側にあるガレージから物音が聞こえてきた。渚の車だろうと仁が言い、瞳は庭を回ってガレージに向かう。

「お帰り。花村、よく来られたな。無理してないか？」

「呼び出しかかったらすぐ行くから。穂波と薫くんの手料理と聞いちゃ、来ないわけにはいかないじゃないか」

「でも、先生、食べすぎない方がいいよ。メタボ気味じゃないの。そのお腹」

三十代に足を踏み入れ、出っ張ってきた花村の腹を指し、渚は微かに眉をひそめて言った。

花村以上にハードな仕事に就いた渚は、色濃く焼けて引き締まった身体つきとなっているから、二人が並ぶと花村のたるみが際立って見えた。

「渚くんが締まりすぎなんだよ。ちゃんと食べてるのか?」

「食べてる食べてる」

希望する海洋学部に進学した渚は、研究者としての道を歩くのかと思われていたが、海洋資源の調査会社へ就職を決めた。穂波家の経済状況を心配しているのなら構わないと、起業を成功させた仁と共に進学を勧めてみたものの、渚はそういう理由で就職を決めたのではないと言った。

「船上生活も慣れたんだけど、やっぱ体力使うみたいで太らないんだよねー」

「う、うらやましい話だな。俺も体力は使ってるはずなんだが…」

多忙なのは自分も変わらないはず…と首を傾げる花村に、渚は「やっぱ年じゃない?」と傷口に塩をすり込むようなことを言う。仕事のため、渚は調査船に乗って長期間出かけることが多く、今週は休暇ということで戻ってきていたが、明日からはまたしばらく陸を離れる予定となっていた。

畑から収穫物を手にやってきた仁も一緒に家へ入り、薫が調理している二階へ上がる。一気に賑やかになったダイニングで、皆で手分けして宴会の準備をしているとチャイムが鳴った。ポールたちだろうと思い、瞳は渚に出迎えに行かせる。

間もなくして、階段を駆け上がってくる音が響き、瞳は驚いてキッチンから顔を覗かせた。

何かあったのかと懸念したのだが、日焼けした顔を綻ばせた渚の口からは脱力するような台詞が飛び出る。

「兄ちゃん、金福堂《きんぷくどう》の最中《もなか》、もらった！」

「……」

大喜びしている渚に向ける言葉がなくて固まる瞳の横から、話を聞きつけた薫が顔を出し、「マジ？」と真剣に返す。渚も薫も、今は社会人として働いていて、買おうと思えばいくらでも自分で買えるはずなのに…。情けないような思いになる兄の横で、二人は子供の頃と同じく最中に飛びついていた。

「さすが、ポールさん。これ、大箱じゃん」

「三十個は入ってるぞ。仁くんの会社、儲《もう》かってるよなあ」

「そうじゃなくて。お前らだって買えるだろう。それくらい」

「何言ってんの、兄ちゃん。金福堂の最中は誰かにもらうから嬉しいんじゃん」

「そうだよ。自腹で買って食べてもありがたさ半減だよ」

よくわからない理屈をこねる弟たちに疲れた気分でいると、一階から上がってきたポールとジョージが姿を見せる。ポールはダイニングにいる仁を早速見つけ、乾いた笑みを浮かべて瞳に挨拶した。

「穂波さん、お邪魔します。社長、やっぱりこっちへ戻ってたんですね」

「あの後、畑を覗きに行ったらいたんですよ。すみません。ポールさんたち、こっちへ来るから連絡しなくてもいいかなと思って」

「お世話をおかけしてすみません」

「こちらこそ。あ、最中もありがとうございました」

ポールはいまだに招かれるたびに手土産を持参する。そんな律儀さは変わらなくて、だからこそ、実は我儘で勝手気ままな仁につき合っていられるのだろう。瞳はポールたちにも席に着くよう勧め、薫が作った料理をでき上がった順から運んでいく。六人掛けのテーブルを予備の椅子も加えて七人で囲み、支度が調うと薫が乾杯の音頭を取った。

「では。月曜から晴れて医者の卵として働き始める兄ちゃんの前途を祝しまして。花村先生、兄ちゃんをよろしくお願いします」

「任せとけ。外科の医局は常に人手不足だからな。穂波が早いとこ、臨床研修を終わって外科に来てくれるのを待ち構えてる」

「まだ時間かかるけど、よろしくな」

にやりと笑う花村に瞳は苦笑して返す。臨床研修期間も終わり、外科のドクターとして働く花村は多忙な日々を送っている。瞳も亡くなった父と同じ外科の医師になりたいという希望を持っていたので、いずれ花村と同じ外科に入れたらと考えていた。

「じゃ、乾杯いきますよ」

薫のかけ声と共に皆でグラスを掲げて念願の一歩を踏み出す暗を祝った。六年の間に渚と薫は成長し、仁の会社は大きく成功を収め…と様々な変化があった。それでも誰もが変わらない笑顔で食卓を囲めるのは幸福なことだ。

薫が作ったプロの料理に舌鼓を打ち、互いの近況を報告し合っていた時だ。渚が「そうだ」と声をあげた。

「兄ちゃん、俺、来月…後半になると思うけど、今度戻ってきたら引っ越しするつもりだから」

「引っ越し?」

渚が勤める会社は横浜にあり、通えない距離でもなかったので穂波家から通勤していた。船に乗っている期間が長かったせいもあり、苦にならないようだったのだが、夏から大学の研究チームとの合同プロジェクトに参加しなくてはいけないので、不便だからと言う。

「でも…お前が一人暮らしなんて…大丈夫なのか?」

「寮に入るし。寮だと会社は近いし、沖に出てる間も部屋の面倒とか見てもらえるから楽なんだよね」

「そうか…」

薫は高校卒業後、東京の専門学校で学びながら働きたいと望み、家を出てしまった。渚も出ていけば…自分と仁の二人きりになる。今も渚はいないも同然だけど、寂しくなるなと思い、顔を曇らせた瞳に薫が何気ない口調で声をかけた。

「いいじゃん。兄ちゃん、ようやく仁くんと二人きりになれるんだし」

「……」

さらっと言われたので思わず「そうだな」と返しそうになったが、頭の奥で何かが違うという声がした。今のはどういう意味だ？　頭の中では警鐘が鳴り響き、瞳はぴたりと固まって動かなくなる。

そんな兄の反応を見て、薫は自分の失態に気づいて息を呑み、渚は「やっちゃった…」とでも言いたげに顔をひそめた。一人だけ微動だにせず、時が止まっている瞳を仁が心配して「瞳？」と声をかける。

仁の声を聞いた瞳はびくんと反応し、ぶるぶると首を横に振る。聞き間違いだ。自分の誤解だ。まさか…そんなはずが…。ポールには…同時にジョージにも…最初から知られているのはわかっていた。だが、渚や薫にはひた隠しにしてきたつもりだった。現実を認められず、どうやって理解すればいいのか惑う瞳に追い打ちをかけたのは花村だった。

「そろそろ穂波にも教えてやったらどうだ？」

「先生…！」

「だって、穂波以外は全員わかってるのに、本人だけ隠してるつもりでいるってのも滑稽《こっけい》な話だぞ」

「…………」

花村が呑気そうに言うのを聞き、瞳はざーっと全身の血の気が下がっていくような感覚を覚えた。それって…もしかして…つまり……。ぎこちない動きで全員の顔を見回すと、仁以外は揃って困ったような表情でいる。

これは…。さすがの瞳も状況を認めるしかなくなりつつある中で、渚が大きく溜め息をついた。

「そうだね。いい機会かも。…兄ちゃん。皆、わかってるから」

「………」

何が？ と聞き返したくても声が出ない。渚をフォローして薫が自分で作ったフリットを摘まみながらつけ加える。

「兄ちゃんと仁くんが恋人同士なの。ちなみに、もうずっと前からわかってたからね。隠してるつもりなの、兄ちゃんだけだったから」

「…‼」

あまりにも衝撃的な発言すぎて、瞳はめまいに襲われ倒れそうになる。仁が「瞳！」と高い声をあげて隣から支えるのを見ながら、残りの全員はようやく口にできると言いたげな安堵を浮かべて勝手に話し合った。

「兄ちゃんにつき合ってるのも、大変だったよな」

「仁くん、兄ちゃんにだけ態度特別だもんね。それしかないってわかるじゃん」

「大体、おかしいだろ。同じ歳《とし》の男とずっと一緒に暮らしてるって」

「わ、私はほら、穂波さんと仁の関係は最初から知ってましたので…。あ、でも私が話したわけではないんですよ」

「右に同じです」

血圧の下がりきった頭でいつから知っていたのかと蚊の鳴くような声で聞けば、七年前、仁が戻ってきてからだと言う。瞳は「ああ」と低い声で呻き、しばらくテーブルに突っ伏していた。

「瞳、大丈夫ですか？　向こうで横になりますか？」

「……」

しかし、常にこういう態度の…自分しか見えていない仁が一緒にいるのだから、公言しているのも同じだったのかもしれない。それでもなんて言えばいいのかわからず、俯せたままの瞳に渚と薫が「兄ちゃん」と声をかける。

そっと顔を上げれば、二人が真面目な口調で言い聞かせてきた。

「俺たち、仁くんがいてくれて本当にありがたいって思ってるよ」

「そうそう。兄ちゃん、一人にしなくても済むし」

気にしてるのは兄ちゃんだけだよ…という言葉に小さな溜め息を返し、瞳は姿勢を直した。

一人にしなくても済む…なんて。いつの間にか、自分が心配される方の側に回っていたというのも衝撃だった。

「安心してください、瞳。俺は生涯、瞳の側を離れませんから」

「……」

思えば、こういう台詞を自分が気づかないところで吐きまくっていたんだろうな。眉をひそめて仁を見た瞳だったが、次第におかしくなってきていつしか笑っていた。ここは皆に認めてもらえてよかったと喜ぶべきだ。新しい門出にふさわしいプレゼントでもある。

「…もう一回、乾杯するか」

気持ちを入れ替えた瞳の意見に誰もが賛成し、グラスを手にした。これからも一緒にご飯を食べよう。そんな約束は暖かで優しい記憶と共に、それぞれの心に刻まれた。

# あとがき

こんにちは、谷崎泉です。魔法使い～の第三弾、大団円となります「魔法使いの約束」をお送りします。内容的に区切りのよいところまで書かせていただき、ありがとうございました。ひとえに読者様のお陰と感謝しております。

全体的なのんびりモードはそのままに、仁が抱えていた秘密が明らかになった今回。再び離ればなれになってしまった瞳には可哀想な展開でもありましたが、結果的に自由の身となった仁と暮らせるようになり、よかったです。それから、瞳が無事医学部を卒業したあたりのこともその後として入れてみました。とっくの昔に皆にバレてた…っていうのが書きたくて。しっかりしているようでも、長男というのは抜けていて、次男三男の方が聡いことが多いと思うのです。

このお話はこれで終わりとなりますが、これからもどこかの山間で瞳と仁はのんびり長閑《のどか》に暮らしていくんだろうな…と思えるのが、私としてはとても楽しいです。誰かに何か問題が起こったとしても、皆で知恵を出し合って助け合い、お互いを見守っていけるようなコミュニティを持っているというのは一番の財産だと思います。普通の家庭とはちょっと違うかもしれませんが、瞳なら皆のホームをきちんと作っていけるでしょう。

今回も陸裕千景子先生に挿絵をお願いでき、ありがたい限りです。三作、おつき合いいただき、ありがとうございました。しっかり兄さん瞳はもちろん、渚&薫もとてもらしく描いていただき、とても楽しませていただきました。くるくるパーマの仁くんも！ほんわか弟ズや、拗ねた仁くんの挿絵を見るのが本当に楽しかったです。

最後までお世話をおかけした編集担当さんもありがとうございました。読者の皆様も、ここまでお読みくださり、ありがとうございます。このお話がお読みくださった方の心に少しでも留まればいいなと願います。

二度目の春に　　　谷崎泉

谷崎泉先生、陸裕千景子先生へのお便り、
本作品に関するご意見、ご感想などは
〒101-8405
東京都千代田区三崎町2-18-11
二見書房　シャレード文庫
「魔法使いの約束」係まで。

本作品は書き下ろしです

CHARADE BUNKO

# 魔《ま》法《ほう》使《つか》いの約《やく》束《そく》

【著者】谷崎《たにざき》 泉《いずみ》

【発行所】株式会社二見書房
東京都千代田区三崎町2-18-11
電話　03(3515)2311[営業]
　　　03(3515)2314[編集]
振替　00170-4-2639
【印刷】株式会社堀内印刷所
【製本】ナショナル製本協同組合

落丁・乱丁本はお取り替えいたします。
定価は、カバーに表示してあります。


ISBN978-4-576-13055-2

http://charade.futami.co.jp/

CHARADE BUNKO

スタイリッシュ&スウィートな男たちの恋満載
## 谷崎 泉の本

俺に安心をくれるのは…お前だけなんだよ

# 魔法使いの食卓

イラスト＝陸裕千景子

穂波家は長男の瞳が弟二人を養いながら暮らす三人家族。そこへ六年前に行方不明になった隣家の仁が戻ってくる。無邪気に喜ぶ弟たちをよそに、仁への複雑な思いがある瞳は素直に喜べない。働いて、食事をして…平凡に日々を積み重ねていた瞳に、仁の優しさは空白の時間を経てもなお、あたたかくて——。

CHARADE BUNKO

スタイリッシュ&スウィートな男たちの恋満載

## 谷崎 泉の本

どう見たって……君は抱かれる方に向いてるだろう

# 夜明けはまだか〈上〉

イラスト＝藤井咲耶

資産、才能、容姿に恵まれた評論家・谷町胡太郎。だがその私生活は九年に及ぶ片想いと三人の居候に支配されていた。そんな胡太郎の弱点を抉る痛烈な一言を浴びせてきたのは……。

好きじゃないのに、あんなことしたの？

# 夜明けはまだか〈下〉

イラスト＝藤井咲耶

伝説の官僚にして二世議員・古館の秘書を務める小早川に乏しい恋愛遍歴を言い当てられ、貞操まで奪われてしまった胡太郎。合意していない相手の身体を悦んで受け入れてしまった心境は複雑で…。